Kronik

MİTOLOJİ
Dünyanın En Bilinen 200 Çarpıcı Fabl, Destan ve Efsanesi

—

NEIL PHILIP

KRONİK KİTAP: 269
Dakikalar İçinde: 3

YAYIN YÖNETMENİ
Adem Koçal

ÇEVİRİ
Efe Erdal

EDİTÖR
Tuğçe İnceoğlu

DÜZELTİ
Aysın Önen
Arzu Leyla Akgün

KAPAK TASARIMI
Kutan Ural

MİZANPAJ
Kronik Kitap

1. Baskı, Ocak 2022, İstanbul
15. Baskı, Aralık 2023, İstanbul

ISBN
978-625-8431-11-7

KRONİK KİTAP
Şakayıklı Sk. N°8, Levent
İstanbul - 34330 - Türkiye
Telefon: (0212) 243 13 23
Faks: (0212) 243 13 28
kronik@kronikkitap.com

Kültür Bakanlığı Yayıncılık
Sertifika No: 49639

www.kronikkitap.com
kronikkitap

BASKI VE CİLT
Optimum Basım
Tevfikbey Mah. Dr. Ali Demir Cad. No: 51/1
34295 K. Çekmece / İstanbul
Telefon: (0212) 463 71 25
Matbaa Sertifika No: 41707

DAKİKALAR İÇİNDE

MİTOLOJİ

DÜNYANIN EN BİLİNEN 200 ÇARPICI FABL, DESTAN VE EFSANESİ

NEIL PHILIP

Çeviri
EFE ERDAL

Kronik

İçindekiler

Giriş

Mitler kutsal anlatılardır. Bize dünyanın, insanlığın ve hayvanların yaratılışını ve tanrıların ve kahramanların yaptıklarını anlatırlar. Bunun ötesinde, bir toplumun mitleri, o topluma ait kültürün tüm yönleriyle sergilendiği kataloğudur. Öyle ki hayal gücümüz yeterince kuvvetli olsaydı herhangi bir kültürü mitolojisinden yeniden yaratabilirdik. Birçok kültürde mitler sözlü olarak aktarılmışsa da anlamlar dünyasının tamamını kapsadıkları için bir yandan aynı kalırken diğer yandan detaylar ve vurgular bir versiyondan diğerine farklılık gösterebilir.

Tüm hikâyeler gibi mitler de hayal gücünü besleyen imgelerden oluşur; hayal gücü de metafor aracılığıyla bu imgelere anlam verir. Hayal gücünün bu dönüştürücü gücü mitolojinin itici kuvvetidir. Hikâyeler bir olaydan diğerine rasyonel olarak değil, rüyalar gibi bir görüntüden diğerine gelişme eğilimindedir. Bu görüntüler insan doğası ve davranışına dair derin gerçekleri şifreler. Mitler, düşünceleri imgelere dönüştürerek belirsizliklerini, esnekliklerini ve birçok seviyede yorumlanmalarını korurlar. Mitoloji elbette Fransız şair

Guillaume Apollinaire'in dediği gibi Yunanların "kendilerini eğlendirmeleri için" icat edilmemiştir. Mitler insanların yaratıcı, spiritüel ve sosyal dürtülerinin bir birleşimidir. Bazıları dinî, bazıları estetik ve bazıları tatbikî olmak üzere birçok işlevi vardır. Kelimelerle, imgelerle ve sembollerle, tiyatro ve dansla, ayinler ve törenlerle ifade edilebilirler. Yalnızca insanların geçmişte anlattıkları hayalî hikâyeler değil; toplumları şekillendiren ve kültürleri yönlendiren önemli düzenleyici ilkelerdir.

İnsanlığın hikâyesi; yaşam, ölüm, varoluş ve dönüşüm gibi büyük gizemlerle ilgili aklımızdan hiç çıkmayan temel soruları cevaplama girişimlerimizin tarihinden ayrılamaz. Buzul Çağı şamanlarının vizyon arayışlarına dayanan kökenlerinden, insan ırkını kırsal göçebelerden tarımla uğraşan şehir sakinlerine dönüştürmedeki rolüyle, modern dünyayı çatışan dinî dünya görüşlerinin fay hatları boyunca parçalamakla tehdit eden çatlaklar ve yarıklara kadar mitler önemlidir. Mitoloji kültürel mirasımızın hayati unsurlarından biridir. Eğer onu anlamayı başaramazsak kendimizi de anlayamayız.

Mitoloji Nedir?

Mitoloji temel olarak yaşam ve ölüm, olmak ve dönüşmek gibi hayatın büyük sorularıyla ilgilidir. Sanatçı Paul Gauguin'in sözleriyle ifade edilirse; "Nereden geliyoruz? Biz neyiz? Nereye gidiyoruz?" Günümüzde bu tip soruların bilimin, felsefenin ya da dinin alanı olduğunu düşünebiliriz. Ancak bunlar insanlık tarihinin büyük bir kısmı boyunca mitolojinin alanıydı. Soruları soran ve cevapları veren mitlerdi.

Batı dünyasındaki birçok kişinin mitolojiyle ilk tanışması Antik Yunanların mitleriyledir—bu hikâyeler, hem Yunan kaynaklar hem de Ovidius gibi sonraki Romalı yazarlar sayesinde Batı sanatı ve edebiyatına derinlemesine yerleşti. Fakat bu klasik mitler, zamanın başlangıcından bu yana dünyanın her yerinde anlatılan, özellikle bize bizi açıklamayı amaçlayan entelektüel ve spiritüel uzun bir arayışın içerisindeki hikâyelerin yalnızca tek bir örneğidir.

Zeus, Antik Yunan tanrılarının kralı ve Olimpos Dağı'nın hâkimi

Kutsallık Anlayışı

Örgütlü dinlerin ortaya çıkışından çok önce insanlık, görünenin yanı sıra manevi bir dünyanın varlığının da farkında olduğunu ifade etti. Erken dönem şamanlar, avdaki başarıyı sağlama almak için bu ruhsal dünyaya girmeye cesaret ettiler.

Tanrıların ve tanrıçaların varlığında, şeylerin doğasında kendiliğinden var olan bir inanç gelişti—karanın ve denizin hayvanlarına yaklaşmayı kontrol eden, yağmuru yağdıran ya da tutan, gök gürültüsünü ve şimşeği yönlendiren ve dünyayı baharda uyandıran güçlü varlıklar. İlk kutsal mekânlar doğal olarak var olan alanlardı—ağaçlıklar, pınarlar, mağaralar.

Tanrılara ibadet çok eskidir. Fransa Laussel'de, elinde bereket boynuzu olup doğurganlık ve bereket tanrıçasını temsil eden bir heykel MÖ 25000 yılına dayanır. Yunan şehri Megara kurulduğunda, ilk kurban "İnşa Öncesi" tanrılarına sunulurdu; hiçbir zaman tanrıların eksikliğini duymayan Romalılar ise hâlâ "Bilinmeyen Tanrı"ya sunaklar inşa ediyordu.

Laussel Venüs'ü

Şamanizmde Mit

Paleolitik Çağ'ın önsezili insanları Buz Devri'nde mağara resimleri yaptı ve bunların birçok kültürde karşılıkları vardı—diğerlerinin yanı sıra Kızılderili şifacılar, Afrikalı büyücü hekimler, Aborjin bilge adamlar ve Sibiryalı şamanlar. Şamanizmin "kendinden geçme teknikleri" ruhsal dünyaya girme ve orayla iletişim kurma amacıyla beden dışı aşkınlık algısı uyandırmak için dans, davullar ve halüsinojenik maddeler kullanır.

Buşmanlar, üçkâğıtçı Peygamberdevesi'nin dünyayı rüya görerek yarattığına inanır; Buşman şamanları ruh yolculuğu, yağmur yağdırma ve şifa dağıtma gibi güçlerini geliştirmek için aynı yaratıcı rüya hâline girerler. Sami şamanları trans hâlindeyken ilk olarak, yukarıdaki ya da aşağıdaki ruhlar âlemine girmeden önce "kozmik eksen"e, dünyanın merkezindeki bir dağa uçarlar. Şaman genellikle bir balık ruhunun üzerinde yolculuk eder, bir kuş ruhu tarafından yönlendirilir ve bir geyik ruhu onu korur. Saivo'nun üst dünyasına bir çeşit yardım için yalvarmak, Jabmeayimo'nun yeraltı dünyasına ise hasta birinin ruhunu kurtarmak için gidilir.

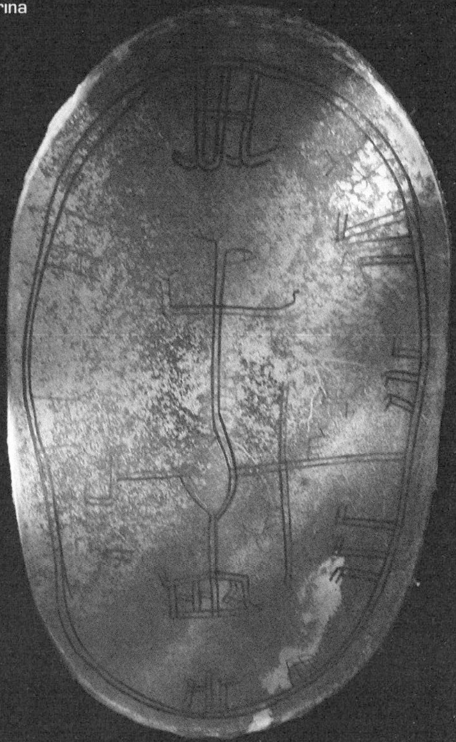

Sami şamanlarına
ait bir davul

En Eski Tanrılar ve Tanrıçalar

Prehistoryanın tanrılarının isimleri, mahiyetleri ve mitleri bizim için büyük ölçüde kayıptır. Otuz bin yıldan eskiye dayanan Paleolitik mağara resimleri, Kalaharili Buşmanlarınkine oldukça benzeyen şamanik vizyon arayışlarının dünyasını ortaya koyar.

Taş Devri'nde Neolitik ve Kalkolitik halklar, genellikle hem hayvan hem de insan özellikleri barındıran ve yeni önem kazanan tarımı yansıtan tanrıların taştan ve kilden suretlerini yaptı. MÖ 5000'ler civarından bir "orak tanrısının" Yunan mitolojisindeki Kronos'un atası olduğu söylenir. En yaygın olanı kuş, yılan ve arı nitelikleri taşıyan kozmik yağmurun hâkimi büyük ana tanrıçadır.

Bronz Çağı'nda, atlı savaş arabası ve tekerleğin mucitleri olan ataerkil Hint-Avrupa topluluklarının Avrupa'ya göçünden sonra, güneşin atlı arabasıyla gökyüzünde uçan erkek bir gök tanrı ortaya çıkar. Bu şekilde Hint-Avrupa mitleri Neolitik Avrupa mitlerine eklenmiştir ve hem Avrupa hem de Hindistan mitolojisinin temelinde yer alırlar.

Yılanlar ve arılar Giritli büyük tanrıçaya tapınmayı belirtir. Figür, tanrıçayı ya da onun bir rahibesini tasvir eder.

Mit ve Kozmos

Birçok kozmoloji, Dünya'nın, merkezî bir eksen ya da (İskandinavların Yggdrasil'i gibi) üzerinde Dünya'nın yaşını temel alan göksel ekvatorun taşının olduğu bir dünya ağacı aracılığıyla bir arada tutulan birkaç katmandan meydana geldiğini tahayyül eder. Kopernik'ten önce Dünya'nın sabit olduğu ve yıldızlarla gezegenlerin onun etrafında döndüğü düşünülürdü. Mitolojik terimlerle bu, ekinoksların hareketinin etkisinin, gök kubbedeki heybetli bir çarkın dişlilerinin hareketi olarak hissedildiği anlamına geliyordu.

İnkaların yüce tanrısı Viracocha'nın ismi "değirmenin taşıyıcısı" olarak tercüme edilebilir; İnkalar Viracocha'ya "Dünya devrilmesin," diye yalvarırdı. Romalıların çoğunlukla bir boğayı öldürürken tasvir edilen Tanrı Mitras için kurdukları tarikat, Boğa takımyıldızını "öldürerek" ve ilkbahar ekinoksunda yerine Koç takımyıldızını koyarak kozmosu yeniden şekillendirebilecek yeni bir tanrı bulma ihtiyacından doğdu. Mitras bir "kosmokratör" ya da kozmik yönetici olarak betimlendi ve kendisine tapınıldı.

Nebra gök tekeri MÖ 1600'lerdeki gece göğünü ve Güneş'in üzerinde gezdiği altın kayığı gösterir.

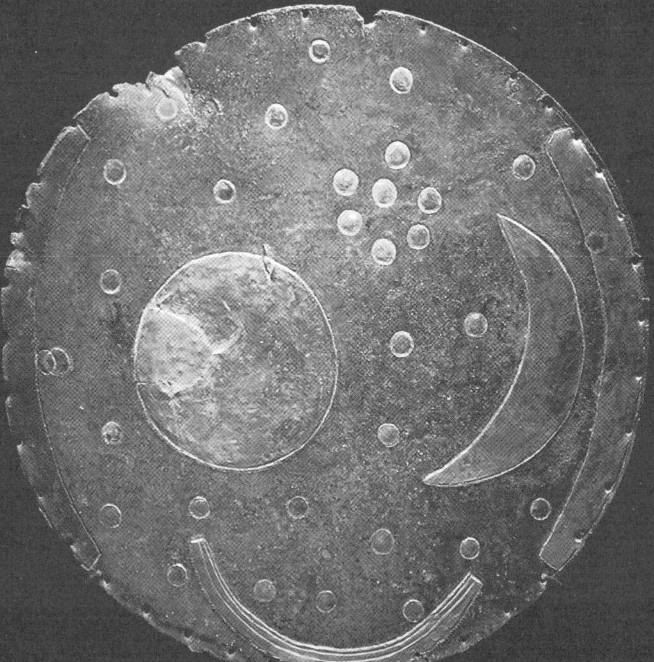

Mit ve Zaman

İnsanlar gece vakti gökyüzündeki yıldızların dansını ve gezegenlerin ağır dönüşlerini gözlemleyerek zamanı ölçer. Birçok kadim kozmoloji, yıldızların geceleri gökyüzündeki sonsuz fakat dairesel hareketlerine bağlı olarak gördükleri zamanın istikrarsızlığıyla yakından ilgilenecekti.

Ebedî ve fani olanın arasındaki gerilim mitolojinin merkezidir. Mitolojik zaman doğrusaldan ziyade daireseldir. Mitler ve ritüeller, bu mitolojik zamanın sonsuz mevcudiyetinin içine girme ve onun yaratıcı gücüne erişme imkânı sunarlar. Kaçınılmaz bir sona eriş hissi uyandıran doğrusal zamandan kaçma arzusu mitolojik düşünce için esastır. Bazı mitolojilerde zaman, er ya da geç kaçmayı umabileceğimiz bir tür hapistir. Zerdüştlük mitolojisinde Zurvan, yani "Zaman", boşlukta daha önceden beri var olan ve biri şüphesinden, diğeri ise iyimserliğinden doğan iki oğlan çocuğu meydana getiren androjen bir tanrıdır. Zurvan, şeytani oğlu Ahriman'ın gücünü ancak zamanı sınırlandırarak zapt edebildi ve Ahriman'ı yaratılışın içine hapsetti.

Zerdüşt tanrısı Zurvan

Mitoloji ve Din

Her ikisi de insanlığın kutsal olanla ilişkisiyle alakadar oldukları için mitoloji ile dini birbirinden katı bir şekilde ayırmak imkânsızdır. Din bir anlamda mitolojinin sistemleştirilmiş hâli olsa da mitolojinin özündeki esneklik sistemleştirilmeye karşı dirençlidir. Bu sebeple bir din ne derece yekpare ve dogmatik olursa, bünyesinde yaşayan bir mitoloji barındırma ihtimali o kadar zordur.

Antik Mısır firavunu Akhenaton, güneş diski Aton'u tek tanrı ilan ettiğinde, diğer Mısır tanrılarının isimleri, onları silmek ve ölüler diyarında yok etmek için tapınak duvarlarından kazındı. Sonuç kaostu. "Dünya altüst oldu ve tanrılar ona sırtlarını çevirdiler. Eğer biri yardım için tanrı ya da tanrıçaya dua etse gelmeyeceklerdi. Kalpleri kırıldı." Dogmatik olmadıkları için Şinto ve Hinduizmin mitolojileri çok zengindir. İnançlı bireylerin kutsal kitaplarda yazılanları harfiyen gerçek kabul etmelerini bekleyen dinler, her ne kadar İncil'de bahsi geçen tufan hikâyesi gibi mitolojik öğeler içerseler de aslen mitoloji karşıtıdır.

Firavun Akhenaton, güneş diski Aton'a tapıyor.

Kültürel Bağlam

Mitolojiyi anlamaya çalışırken kültürel bağlam hayati önem taşır. Karşılaştırmalı mitoloji ilgi çekici (bkz. sayfa 394-406) ve akla yatkındır, örneğin dünyanın dört bir yanındaki tufan hikâyelerini kıyaslamak ve zıt düştükleri noktaları bulmak gibi. Fakat iki mit birbirine benzediği için aynı anlamlara sahip olduklarını varsaymak hata olur. Çünkü mitoloji ait olduğu kültürle iç içedir ve taşıdığı anlam o kültürü ifade edip meşrulaştırır.

Mitler genellikle göründükleri gibi değillerdir. Batı Papua'daki bazı Marind-Anim mitleri cinsel yaşamla ilgiliymiş gibi dursa da aslında yiyeceklerle ilgilidir. Tam tersi Vancouver Adası'ndaki Kwakwaka'wakw mitleri yiyeceklerle ilgiliymiş gibi dursa da aslında cinsel yaşamla ilgilidir. Anlamı yaratan bağlamdır. Daha bilindik klasik mitoloji dünyasında bile Yunan ve Romalı tanrıların sözde muadilliği asla kesin değildir. Roma mitolojisindeki Jüpiter ve Juno, Yunan mitolojisindeki Zeus ve Hera'yla oldukları kadar Etrüsk mitolojisindeki Tinia ve Uni'yle de alakalıdır.

Maskeli Kwakwaka'wakw dansçıları

Mitoloji ve Çevre

Çevreci James Lovelock, biyosferin kendi kendini düzenleyen bir varlık olduğu fikrini geliştirirken romancı William Golding'ten hipotezine bir isim bulmasını istedi. Golding'in tercihi; başlangıçtaki kaostan doğan ilk varlık olan, Antik Yunan yeryüzü tanrıçası Gaia'nın ismiydi. Golding, Lovelock'un teorisinin, özünde değil, sadece bilimsel görünümünde yeni olduğunu fark etmişti.

Geleneksel toplumlarda mitler, o kültürün ekolojisi ve çevresinin bir aynası olarak işlev görür. Düz Orinoco Deltası'ndaki Waraolar dünyayı deniz seviyesinde görürler, bu yüzden de dünya onlar için su ve gökyüzü arasındaki dar bir disktir. Ormanda, çölde ya da buzlarla kaplı kuzey bölgesinde yaşayan halklar mitolojilerini aşina oldukları dünyalarına göre şekillendirir. Filipinler'deki Ifugaoların yerel mitolojileri bulundukları çevreye o kadar derinlemesine bağlıdır ki (yetmişi üremeyle ilgili, beşi artrite sebep olan gibi), birbirinden bağımsız bin beş yüzü aşkın tanrıları kendilerinden başka kimseye anlam ifade etmeyen varlıklardır.

MS birinci yüzyıla ait, bronzdan yapılmış bir Gaia büstü

Mitoloji ve Toplum

Mitolojinin sosyal işlevi toplumu bir arada tutmak, yasa ve gelenekler için tüzük görevi görmek ve kültürü bulunduğu çevreyle bütünleştirmektir. Örneğin Babillilerin kendilerine kültür konusundaki güvenleri şehrin mimarisine, geleneklerine ve en çok da şehrin tanrısı Marduk'un yaratılış mitinin on iki gün boyunca canlandırıldığı gösterişli Yeni Yıl Festivali Akitu'ya da yansıyan mitoloji temeline dayanır. Marduk, Babil'in özünü temsil eder. Tanrı ve şehir birbirinin içine o kadar derinlemesine geçmişti ki istilacı orduların ilk eylemi Marduk'un ibadet heykelini tapınağından çıkartmak, böylece tüm şehri yasa sürüklemek olacaktı.

Tüm dünyanın mitolojik olasılıklara açık olduğu ve gündelik hayata dair her açının mitoloji süzgecinden geçtiği Kanadalı İnuitler ya da Japon Ainular gibi kabile kültürlerinde mitoloji dünyası ile gerçek dünya arasında bir ayrım yoktur. İkisi iç içe ve birbirine bağımlıdır ve her biri diğeri olmadan bir anlam ifade etmez.

Antik Babil'in bir parçası olan Ur'daki arkeolojik kazılar

Antik Mısır Mitleri

Antik Mısır mitolojisi birbiriyle örtüşen sayısız tanrısıyla karmakarışık görünse de ilginçtir ki üç bin yılı aşkın bir süredir kayda değer bir şekilde sabit kalmıştır. Bütün Mısır tanrıları esasen yaratıcı Atum'un birer uzantısıdır; Atum hem güneş tanrısı Ra hem de gizli tanrı Amon olarak ortaya çıkar (ikiliye Amon-Ra olarak tapınılır).

Münferit tanrıların kendi tapınakları vardı. Yeraltı dünyasının hâkimi Osiris'in tapınağı Abidos'taydı. Her yıl, Mısır'ın bereketliliğinin bağlı olduğu Nil taşkınının son ayında Osiris mitleri yeniden sahnelenerek Osiris'in cinayeti, İsis ile Neftis'in kederi (bkz. sayfa 42-4) ve Seth'in bunun üzerine yargılanması anlatılmaktaydı. Seth ve Osiris'in taraftarları arasında çıkan büyük savaştan sonra Osiris galip gelerek tekrar ortaya çıkmış ve yeniden doğuşunun sembolü olarak mısır demeti şeklindeki djed sütunu dikilmiştir. Mısırlılara ölümden sonra Kamış Tarlası'nda yeniden doğma umudunu Osiris'in mumyalanma ile yeniden dirilmesi verecekti.

Büyük Giza Piramitleri, Tanrıça Hathor için kutsal olan piramit şeklindeki bir dağın altında Krallar Vadisi'ni kurmalarından önce firavunların mezarlarıydı.

Antik Mısır'da Yaratılış

Antik Mısır mitolojisindeki yaratıcı, Sınırı Olmayan Tanrı, zamanın başlangıcından önce kuyruğu ağzında duran bir yılan olarak Nun ("hiçlik") okyanusunda istirahat ediyordu. Kendinin farkına varınca güneş tanrısı Ra olarak şekil buldu. Ra diğer tanrıları kendisinden yarattı; kuru hava tanrısı Shu'yu hapşırarak çıkardı ve nemli hava tanrsı Tefnut'u tükürdü. Ra sesiyle Heka (yaratıcı güç), Sia (algı) ve Hu'yu (bildiri) kullanarak yaratılış elementlerini ortaya çıkardı.

Heka, Sia ve Hu güneş teknesiyle gökyüzünde gezen Ra'ya eşlik etti. Ra daha sonra evrenine göz kulak olması için hakikat ve ahenk tanrısı Ma'at'ı yarattı. Suların geri çekilmesini sağlayan Ra, şekli itibariyle piramitlere örnek olan ilk tümsek Benben taşının üzerine çıktı ve tüm bitkileri, hayvanları ve kuşları Nun'dan var etti; ismini söylediği her şey vücut buldu. Antik Mısırlılar Nil'in her yıl taşmasının sebebi olarak sel tanrısı Hapy'nin mağarasının içine kıvrılan kozmik yılanın, Nun'un kadim sularını dünyaya salmasını gösterirlerdi.

Tanrı Nun, doğan güneşin tanrısı Khepri sıfatıyla bir bok böceği olarak tasvir edilen Ra'nın güneş teknesini havada tutuyor.

Ra'nın Gözü

Güneş tanrısı Ra dünyayı yaratırken ilk doğurduğu Shu ve Tefnut'u ilk okyanus Nun'un ötesine yolladı. Geri dönmediklerinde onları araması için gözünü, yani Tanrıça Hathor'u peşlerinden gönderdi. Hathor onları geri getirdiğinde Ra'nın yüzünde çıkan başka bir gözün kendisinin yerini aldığını görünce öfkelendi. Ağladı; acı gözyaşları ilk insanlara dönüştü. Ra, Hathor'u aldı ve onu öfkeli bir kobra şekline sokarak alnına yerleştirdi. Böylece Hathor zamanın sonu gelip de dünya yeniden Nun'un sonsuz suları altında kalana kadar hükümdarlığı sırasında Ra'nın yanında olacaktı.

Hathor cinsel arzu, doğurganlık ve aşkla olduğu kadar öfke ve yıkımla da ilişkilendirilen karmaşık bir tanrıçaydı. Ra tarafından vahşi dişi aslan Sekhmet olarak dünyaya yollandığı zaman insanlığı neredeyse yok etti. Ra kana benzemesi için birayı boyayarak onu kandırmak zorunda kaldı ve birayı içen Sekhmet sakinleşti. Mısırlı firavunlar, "yiyip bitiren alevinin" sembolü olarak Hathor'un kobrasını alınlarına taktı. Hathor aynı zamanda bir inek olarak da tasvir edilirdi.

Hathor (solda) ve Ra, Kraliçe Nefertari'nin mezarında resmedilmiş.

Yeryüzü ve Gökyüzü

Güneş tanrısı Ra'nın ilk çocukları Shu ve Tefnut, kuru yeryüzü Geb ve nemli gökyüzü Nut'u doğurdu. Nut, Geb'in üzerine yattı ve gökyüzü yeryüzüyle çiftleşerek yıldızları doğurdu. Kıskanç babaları kuru hava tanrısı Shu, gökyüzünü elleriyle havada tutup yeryüzünü ayakları altına alarak ikisini zorla birbirinden ayırdı.

Geb çoğunlukla yana yaslanmış, bir kolu bükük ve erekte olmuş fallusu gökyüzünü gösterir şekilde tasvir edilir. Bereket ve bitki örtüsü tanrısıydı; depremler "Geb'in kahkahası" olarak bilinirdi. Ayrıca yumurtlarken attığı kahkaha nedeniyle "Ulu Gıdaklayıcı" olarak da tanınırdı; bıraktığı bu yumurtanın içinden ötüşüyle zamanı harekete geçiren Bennu kuşu çıktı.

Nut, gökyüzünün üzerinde yay şeklinde duran, yıldızlarla kaplı bir beden olarak tasvir edilir; kolları ve bacakları ana yönleri gösterir. Ölülerin üzerine de aynı şekilde serildiğine inanılır ve çoğu zaman tabut kapaklarının iç kısmına resmedilirdi.

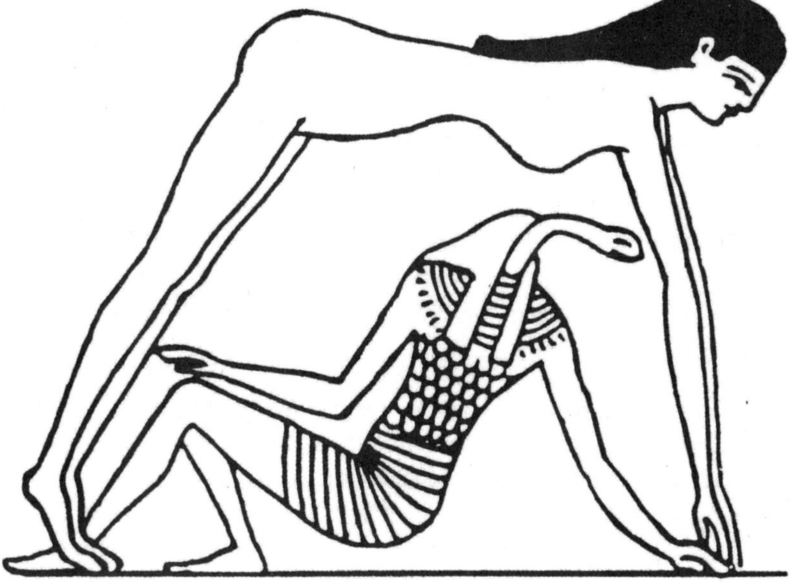

Nut ve başı fallik bir yılan olarak tasvir edilen Geb

Ennead

Yıldızların doğumundan sonra Tanrı Shu, gökyüzü tanrıçası kızı Nut'u lanetledi; böylece Nut yılın otuz günden oluşan on iki kamerî ayının hiçbirinde doğum yapamaz hâle geldi. Fakat Nut, Ay tanrısı ve zamanın efendisi Thoth ile girdiği bahsi kazanarak ondan kamerî aylardan beşine birer gün eklemek üzere fazladan beş gün aldı. Nut bu günlerde beş çocuk doğurdu: Osiris, Kör Horus, Seth, İsis ve Neftis. Bunlar Shu, Tefnut, Geb ve Nut'a katılıp başlarındaki Ra ile Mısır'ın en büyük dokuz tanrısı olarak Ennead'ı oluşturdu.

Osiris yeraltının hâkimi olmadan önce dünyevi krallara bir nevi emsal oldu; çöllerde yaşayan Seth ise düzensizliğin vücut bulmuş hâliydi. İkisi de kız kardeşleriyle evlendi; Osiris İsis'i aldı, Seth ise Neftis'i. Şahin başlı gökyüzü tanrısı Kör Horus ya da diğer bir adıyla Yaşlı Horus'a Letopolis şehrinde tapınılırdı. Kör Horus kardeşi Seth tarafından öldürüldü, ardından İsis ve Osiris'in oğlu Horus olarak yeniden doğup Seth ile çatışmaya devam etti.

İsis ve Neftis tarafından kuşatılmış Osiris

Ra'nın Gece Yolculuğu

"Selam olsun sana Ra, her gün mükemmelsin!" diye başlar "sonsuzluğu kateden" ve onun için her günün sadece bir an olduğu, yaratılmamış yaratıcı güneş tanrısına söylenen ilahilerin biri.

Güneş tanrısı başlıca üç ana biçim aldı: Doğan güneş olan bok böceği Khepri, öğlen güneşi olan güneş diski Ra ve elindeki sopadan destek alıp batan güneş olan yaşlı adam Atum. Güneş her akşam batıya ulaştığında gökyüzü tanrıçası Nut onu yutardı. Her sabah doğuda onu bir kere daha doğururdu. Ra'nın bu gece yolculuğu tehlikesiz geçmezdi. Gece teknesiyle ölüler diyarından geçtiği sırada dev yılan Apep önderliğindeki iblisler tarafından saldırıya uğrardı. Şafak sökmeden önceki en karanlık anda Apep en gözü kara saldırısını gerçekleştirirdi. Her gece, kaos tanrısı Seth yılana mızrak saplar ve kedi şeklini alan Ra onun kafasını keserdi. Böylece kaos dünyaya yaklaşamazdı. Ertesi gece Apep yeniden pusuda beklerdi. Eğer Apep bir gün Ra'yı yenerse güneş bir daha doğmayı başaramayacaktı.

Ra'nın gece teknesi

Ra'nın Gizli Adı

Mısır metinleri "on binlerce ve binlerce tanrıdan" bahseder; öyle çoktur ki sayılamaz. Kendini yaratan ve gökyüzü ile yeryüzünü var eden Ra'nın bile o kadar çok adı vardı ki diğer tanrılar bunların hepsini bilmezdi.

Büyünün sahibesi İsis, Ra kadar yüce olabilmek için her şeyin adını öğrenmek istedi. En sonunda, bilmediği tek bir ad Ra'nın gizli adıydı. Ra her gün gökyüzünü katettiği için yaşlandı. Ağzı gevşedi ve salyası yere damladı. İsis salyayı topladı ve ona toprakla şekil vererek yarattığı yılanı Ra'nın yolunun üzerine koydu. Yılan, Ra'yı ısırdı; Ra korkunç bir feryatla düştü, zehirlenmişti. İsis, gizli adını söylerse onu kurtaracağını söyledi. Ölmek üzere olan Ra, zihninin İsis tarafından okunmasına ve zamanın başlangıcından itibaren gizlediği adının kendi kalbinden İsis'in kalbine akmasına izin verdi. İsis, Ra'nın adından aldığı güçle zehre Ra'nın vücudundan çıkıp yere dökülmesini emretti. Ra yeniden güçlendi ve İsis'in bilgisi tamamlandı.

Tanrıça İsis

Osiris'in Cinayeti

Tanrı Osiris bir zamanlar dünyada kral olarak hüküm sürdü. Antik Mısırlılara nasıl yaşanacağını, nasıl ekilip biçileceğini ve aletler yapıp onların nasıl kullanılacağını öğretti. Hem kız kardeşi hem de karısı olan İsis, kadınlara ekmek ve bira yapmayı, yün eğirmeyi, dokumacılığı ve çocuklarla yaşlılara nasıl bakılacağını öğretti.

Osiris keşiflerini bütün insanlığa öğretmek için dünyanın dört bir yanını gezdi. Bu sebeple "daimî iyi" anlamına gelen Wennefer adıyla anıldı. Kardeşi Seth bu durumu kıskandı. Osiris, Seth yerine İsis'i naibi yapınca, Seth onu öldürüp tahtını almaya ve İsis'le kendisi evlenmeye yemin etti. Osiris'i bir şölene davet etti ve sedir ağacından muhteşem bir sandık çıkartarak içine kim sığarsa sandığı ona vereceğine söz verdi. Herkes denedi ancak kimse sığamadı. En sonunda sandığa Osiris girdiğinde Seth birden kapağını kapattı ve çivilediği sandığı Nil Nehri'ne attı. İsis, ölü kralı buldu ancak cesedi sahipsiz bıraktığında Seth, Osiris'i keserek on dört parçaya ayırdı. Parçaları Mısır'ın dört bir yanına dağıtan Seth, "Bir tanrının cesedini yok etmek imkânsızdır ama ben bunu başardım," diyecekti.

İsis, Atef tacını takmış, değneği ve zincirli gürzünü taşıyan Osiris'in arkasında duruyor.

İsis ve Osiris

Osiris şeytani kardeşi Seth tarafından öldürülüp parçalara ayrıldı. Hem kız kardeşi hem de karısı olan İsis ile diğer kız kardeşi Neftis, Osiris'in dağıtılmış parçalarını bir araya getirdi. Büyücülüğünü kullanan İsis, buldukları her bir parçanın mumdan kopyasını çıkardı. Bunları Osiris adına kurulan tapınaktaki bir rahibe emanet etti ve böylece bütün Antik Mısır Osiris'e tapınmaya başladı.

Tanrının parçalanmış bedenini toplayan kız kardeşleri gören Ra onlara acıdı. Çakal başlı tanrı Anubis ve ibis kuşu başlı tanrı Thoth'u yardım etmesi için gönderdi. Anubis, Osiris'in cesedini merhemlerle tahnit etti. Ölü kralın bedeni asıl formunu aldığında Anubis onu bandajlarla sardı ve böylece ilk mumyayı yarattı. İsis kendini bir uçurtmaya dönüştürdü ve mumyalanmış Osiris'in üstünde uçarak hayat nefesinin esmesini sağladı ve daha sonra babasının intikamını alacak Horus adında bir çocuk dünyaya getirdi. Hep mumya olarak tasvir edilen Osiris, sonrasında yeraltı dünyasının hâkimi olarak yerini aldı ve kendisine dünyanın sonu gelene kadar orada milyonlarca yıl yaşamak zorunda olduğu söylendi.

Osiris'in yasını tutan İsis

Horus ve Seth Rekabeti

Tanrı Kör Horus kardeşi Seth tarafından öldürüldü, akabinde İsis ve Osiris'ten yeniden doğdu. Yeni Horus, Ra onu Mısır krallığıyla ödüllendirmeden önce seksen yıl boyunca Seth ile mücadele etmeyi sürdürdü. Bir seferinde Seth, Horus'un sol gözünü çıkarırken Horus, onun testislerini kesti. Bir başka sefer, taştan teknelerle yarışmak için birbirlerine meydan okudular. Horus sedir ağacından yaptığı teknesini taşa benzemesi için alçı taşıyla kaplayarak yarışı kazandı. Horus'un teknesi su üzerinde dururken Seth'in bir dağın zirvesinden yaptığı teknesi battı.

Sonunda her iki tanrı da vücut parçalarını geri aldı. Horus'un gözü Tanrıça Hathor tarafından iyileştirildi ve düzelen bu *wedjat* (göz) en yaygın Antik Mısır tılsımı olup bütünlük, korunma, güç ve mükemmellik sembolü hâlini aldı. Şafak tanrısı olan Horus'a Horemakhet (Ufuktaki Horus) olarak tapınılırdı; güneş tanrısı olarak Ra'yla iç içe geçti ve Ra-Horakhty oldu; diğer formlarda İsis'in oğlu Horus, babasının intikamcısı Horus ve evlat Horus olarak tapınıldı.

Abu Simbel'deki Küçük Tapınak'ta
Firavun II. Ramses'e tapınan Seth ve Horus.

Mumyalama

Tanrı Osiris'in ölüm ve yeniden diriliş hikâyesi Antik Mısırlılara ölümden sonra yeni bir yaşam olduğu umudunu veren esas metindir. Başlarda bu durum sadece yeraltı dünyasında Osiris'e "dönüştüğü" söylenen krallar için geçerli olsa da öbür dünyada yeniden doğma vaadi en sonunda tüm Mısırlılara açıktı.

Ölüm, mumyalama, defnetme ve anma ritüellerinin hepsi ölümden sonra Antik Mısır'ın mükemmel bir versiyonu olan Kamış Tarlası'nda yeni bir hayatı garantilemeye yönelikti. Tam bir insanı oluşturan tüm unsurlara dikkat edilmeliydi: Fiziksel bedeni, adı, gölgesi, *ka*'sı (ferdiyet), *ba*'sı (manevi öz) ve akh'ı (diğer her şeyin birleşimi, kutsal ölünün formu). Ceset, ölen kişiyi Tanrı Osiris ile özdeşleştiren ritüellerle mumyalanarak muhafaza edilmeliydi. *Piramit Metinleri*, *Tabut Metinleri* ve *Ölüler Kitabı*'ndaki büyüler; ölülerin yeraltı dünyasında konuşmalarını, nefes almalarını ve yiyip içmelerini sağlıyordu. En önemli büyülerden biri "ölüler diyarında yeniden ölmemek için"di.

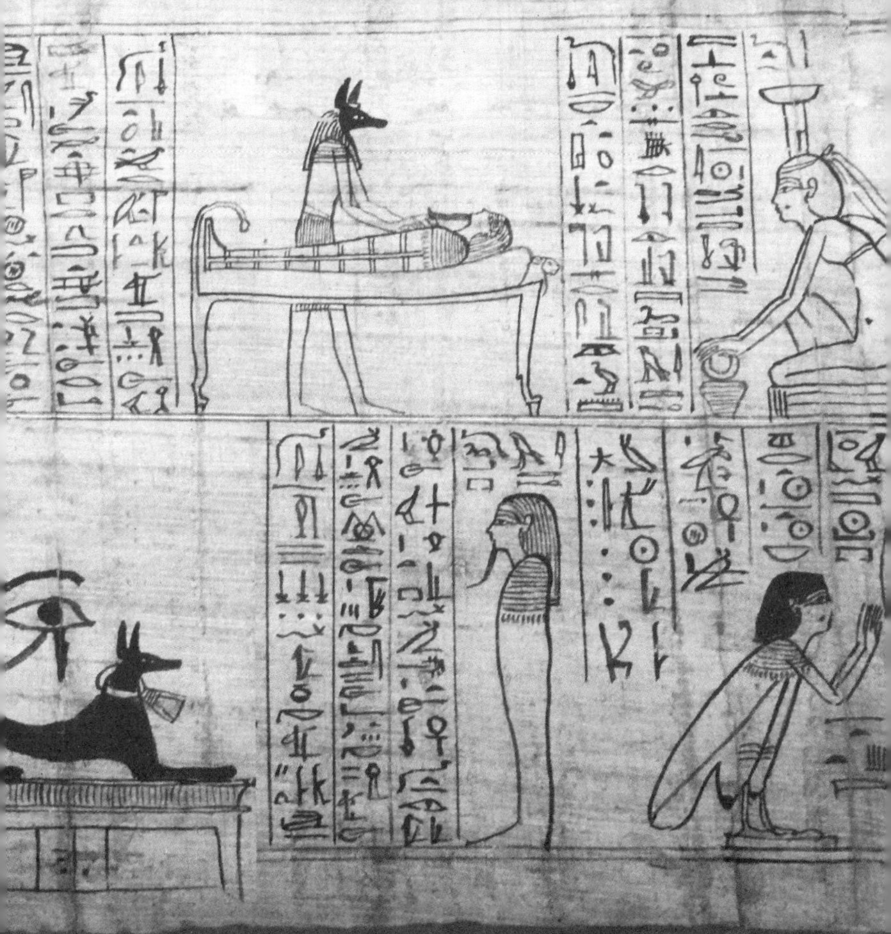

Ölümden Sonra Yaşam

Mısırlılar, Kamış Tarlası'nda mükemmel varlıklar olarak yaşamak istiyordu. Burası ölülerin efendisi Osiris'in diyarıydı. Ölüler burada lahitlerinin duvarlarında neşeyle resmedilen bereketli hasatların, verimli arpaların ve gernik buğdaylarının içinde toplanırdı.

Yeni ölen kişi önce korkunç tehlikelerle kuşatılmış bir yoldan geçerek varılan İki Hakikat Salonu'nda yargılanmak zorundaydı. Burada ölen kişinin kalbi bir teraziye konarak *maat* (ahenk) tüyü ile tartılırdı. Tanrı Anubis teraziyi kontrol eder ve kâtip tanrı Thoth sonuçları hayat ağacının yapraklarına yazardı. Eğer kötü düşünceler ve eylemlerle dolu olan kalp tüyden ağır basarsa dişi canavar Ammut tarafından bir lokmada yutulurdu. Mısırlılar bu korkunç yazgıdan kaçmak için Olumsuz İtiraf yapar ve işlemedikleri tüm günahları sıralarlardı. Testi geçenler Horus önderliğinde Osiris'in ve yeraltının yargıçlarının huzuruna çıkartılır ve her dava kendi içinde değerlendirilirdi.

Kamış Tarlası'na girmeden önce Ani'nin kalbinin tartılışını resmeden Ani Papirüsü.

Mezopotamya Mitleri

Mezopotamya MÖ dördüncü bin yılda Batı medeniyetinin beşiğiydi. Birbirini izleyen Mezopotamya uygarlıkları -Sümerler, Akadlar, Babilliler, Asurlular ve Persler- benzer mitolojiler paylaştı. Örneğin sonradan İncil'de de bulunan tufan mitinin ilk anlatımı olan yarı tanrısal kahraman Gılgamış'ın destanı ve yine Gılgamış'ın sonuçsuz kalan ölümsüzlük arayışının destanı Sümer, Akad ve Babil dillerinde de bulunur.

Mezopotamya mitolojisi sel ve kuraklıktan oluşan çifte tehlikeler arasında denge kurmanın yollarını arar ve yeraltı dünyasının kurak çölüne karşılık cennet bahçesi Dilmun vaadi etrafında gelişir. İlk selle ilgili yaratılış mitleri, verimli topraklar yaratmak için gerekli olan sulama ve suyu boşaltma işleminin sürekliliğini yansıtır. Şehir, Mezopotamya kültürünün merkeziydi ve her şehrin kendi tanrısı vardı. Babil tanrısı Marduk'tu. Babil MÖ 691'de Asurlular tarafından fethedildiğinde Marduk mitleri topyekûn Asur tanrısı Aşur'a atfedildi.

Babil'den İştar Kapısı

Babillerde Yaratılış

Babilliler yaratılış hikâyelerini her Yeni Yıl ilkbahar ekinoksunda anlatır ve canlandırırlardı. Amaç hikâyede tarif edilen düzenli evreni yeniden kurmak ve "zaman yaşlanana dek" kaosun güçlerini uzak tutmaktı.

Her şeyin başlangıcında iki deniz vardı–erkek Apsu tatlı su ve dişi Tiamat tuzlu su. Tanrısal üçüncü bir varlık olan Mummu (sis) onlara eşlik ederdi. Apsu ve Tiamat nehirlerin denizle buluştuğu yerlerde oluşan alüvyonu ve gökyüzü ile yeryüzünün ufuklarını doğurdu. Ufuklar, Anşar ve Kişar, gökyüzü Anu'yu dünyaya getirdi ve Anu da toprağın, suyun ve büyünün tanrısı Ea'yı yarattı. Bu yeni tanrıların patırtısı o sırada dinlenen Apsu ve Tiamat'ı rahatsız etti. Mummu'ya akıl danıştılar; Tiamat hoşgörüyü savundu fakat Apsu ve Mummu genç tanrıları yok etmeye kararlıydı. Bunu duyan bilge Ea, Apsu'yu derin bir uykuya daldıran bir büyü yaptı. Ea tanrıların kralı olduğunu iddia ederek Apsu'yu öldürüp Mummu'yu tutsak etti. Ardından dinlenmek için kutsal bir oda yarattı ve buranın adını Apsu koydu.

Enuma Eliş, Babil'in yaratılış destanına dair ilk çivi yazısı tableti

Marduk ve Tiamat'ın Savaşı

Babilli Marduk (güneş-çocuk) kutsal oda Apsu'nun derin huzurunda Ea ve Damkina'dan doğdu. Her şeyin annesi Tiamat, çocukları tarafından bu yeni tanrıyla savaşması için teşvik edildi. Akrep-adam ve Sentor gibi canavarlar doğurdu. İlk çocuğu Kingu'yu birliklerinin lideri yaptı ve Kader Tableti'nin yetkisini ona verdi. Kendisi de azılı bir ejderhaya dönüştü.

Marduk zafer kazanırsa diğer tanrıların onu kralları olarak kabul etmesi koşuluyla Tiamat'la savaşmayı kabul etti. Marduk ejderha şeklindeki Tiamat'ı ikiye bölerek savaşı kazandı; bu iki parçadan gökyüzünü ve yeryüzünü yarattı. Tiamat'ın gözlerinden Dicle ve Fırat nehirleri ortaya çıktı. Marduk, Kingu'yu öldürdü ve Kader Tableti'ni aldı. Onu kozmosu yaratmak, takvimi oluşturmak ve gezegenlerle yıldızları düzene sokmak için kullandı. Tanrılara hizmet etmeleri için Kingu'nun kanından insanlığı yarattı.
Son olarak Cennet'in ve Dünya'nın Temeli diye bilinen devasa tapınağına ev sahipliği yapması için Babil şehrini kurdu.

Buradaki Asur kabartmasında gösterildiği gibi kaos canavarları ve güneş tanrıları arasında yaşanan ilk savaşlar Mezopotamya mitolojisinde tekrar eden temel bir motiftir.

Cennetin Kraliçesi İnanna

Babillerin İştar olarak bildiği Sümerlerin aşk tanrıçası İnanna, göklerin ve yeryüzünün kraliçesiydi. Bilgelik tanrısı Enki'nin (Babil'deki Ea) kızıydı. Mitlerden biri Enki'nin dünyadaki düzeni kurarken kullandığı güçlerini (kutsal *me*) İnanna'nın nasıl kazandığını anlatmaktadır.

İnanna babasını ziyarete gitti; tapınağına girince Enki, kalbinin ferahlaması için onu soğuk suyla karşıladı ve Cennet Masası'nda beraber bira içtiler. Sarhoş olunca Enki, İnanna'ya teker teker *me*'yi takdim etti: Kraliyet tahtı, kur yapma sanatı ve yeraltı dünyasına inebilme yeteneği. İnanna her birine "Alıyorum," diye karşılık verdi. *Me*'yi Cennet Teknesi'ne koydu ve kendi şehri Uruk'a doğru gökyüzünde yola çıktı. Enki ayıldığında kendisine hizmet eden İsimud'u çağırdı ve *me*'nin nerede olduğunu sordu. İsimud onları İnanna'ya verdiğini söyledi. Enki *me*'yi geri almaları için iblisler gönderdi ancak İnanna'ya hizmet eden Ninşubur onları defetti. İnanna *me*'yi tapınağına koydu, güç her zaman babadan kıza geçti.

İnanna ayağını bir aslanın üzerine dayarken.

İnanna'nın Yeraltı Dünyasına İnişi

İnanna kocası olması için bir çiftçi ve bir çoban arasında seçim yapmak zorunda kaldı. Sonunda çoban Dumuzi'yi seçti ve ona şehri Uruk'un krallığını verdi. Dumuzi şehre gittikten sonra İnanna güçlerini kurak yeraltı dünyasına inmek için kullandı.

Yedi kapının her birinde İnanna kıyafetlerini, mücevherlerini ve otorite simgelerini üzerinden çıkardı. Onu ölüm cezasına çarptıran ve cesedini bir mızrağa astıran kız kardeşi Ereşkigal'in tahtının huzuruna çıplak ve savunmasız çıktı. İnanna'nın hizmetkârı Ninşubur yardım etmeleri için tanrılara yalvardı ama tanrılar kabul etmedi. İnanna'nın babası Enki, tırnaklarının altındaki kirden iki yaratık yaptı; bu yaratıklar İnanna'yı yeniden hayata döndürmek için ona yiyecek ve su götürdü. İnanna dirilince cehennemin yargıçları başka biri onun yerini almadan hayata dönmesine izin vermediler. İnanna onlara kocasını almalarını söyledi. İblisler Dumuzi'nin peşine düştü ve onu yeraltı dünyasına sürüklediler. Dumuzi bundan böyle her yılın altı ayını bu kurak yerde geçirdi. Her bahar bereket getirerek yüzeye çıktığında kız kardeşi Geştinanna onun yerini alırdı.

Yeraltı dünyasındaki iblisler Dumuzi'ye işkence ederken.

Nergal ile Ereşkigal

Yıkıcı tanrı Nergal, Büyük Babil Panteonu'nun ulu tanrısı Enlil ve karısı Ninlil'in oğluydu. Tanrılar ziyafet düzenlediği sırada gökyüzü tanrısı Anu, hizmetkârı Kakka'yı yeraltı dünyasına, Kraliçe Ereşkigal'e, kendisinin gelmesi imkânsız olduğu için payını almak üzere hizmetkârını yollaması gerektiğini söylemek için gönderdi. Böylece Ereşkigal, hizmetkârı Namtar'ı cennete çıkan yüksek merdivenden yukarı yolladı.

Namtar geldiğinde, nezaketsiz Nergal dışında ziyafetteki tüm tanrılar ayağa kalkıp selam verdi. Ereşkigal bu saygısızlığı duydu ve cezalandırılması için tanrının kendisine gönderilmesini istedi. Bilge tanrı Ea, Nergal'in yanına on dört iblis verdi ve Ereşkigal'in huzuruna çıkartılan Nergal bu iblislerle ona saldırdı. Nergal, yeraltı kraliçesinin kafasını kesmek için Ereşkigal'i saçından çektiği gibi tahtından indirdi. Ereşkigal, Nergal'e kocası olursa yeryüzünün kralı ve bilgelik tabletinin sahibi olabileceğini söyledi. Nergal bunun üstüne Ereşkigal'i öptü, artık yeraltı dünyasının hem bir kralı hem de bir kraliçesi vardı.

Gece kraliçesi Ereşkigal

Tufanın Hikâyesi

Utnapiştim, Fırat Nehri'nin kıyısındaki Şuruppak şehrinde yaşıyordu. Şehir insanlarla dolup taştı ve çıkardıkları yoğun gürültü huzuru bozdu. Babil hava tanrısı Enlil, tanrılar konseyinde insan ırkının yok edilmesini önerdi ve kuvvetli bir tufan yaratmaya karar verdi. Bilgelik tanrısı Enki, Utnapiştim'e uyarı sözcükleri fısıldayarak kamıştan evini yıkmasını ve ondan bir tekne yapmasını söyledi.

Utnapiştim tekneyi inşa etti ve ailesini, eşyalarını ve hem vahşi hem de evcil hayvanları gemiye yükledi. Tanrılar o akşam fırtınayı gönderdi. Fırtınaların efendisi Adad başı çekerken abis tanrıları suları yükseltti. Sert rüzgârlar karşısında tanrılar bile korkudan sindi ve sebep oldukları yıkıma ağladılar. Yedinci günde fırtına duruldu ve Utnapiştim'in gemisi bir dağın tepesine kondu. Karayı bulmaları için bir güvercin, bir kırlangıç ve bir kuzgun gönderen Utnapiştim, tanrıların adına kurban kesti ve tanrılar adağını kabul etti. Pişmanlık duyan Enlil, nehrin ağzında sonsuza kadar yaşayabilmeleri için Utnapiştim ve karısını ölümsüz yaptı.

Tufanın en eski anlatımı, Ninova Kütüphanesi'ndeki bir tablet üzerinde, MÖ yedinci yüzyıl.

Gılgamış ile Enkidu

Babil mitolojisinde Uruk kralı Gılgamış, üçte-iki oranında tanrı ve üçte-bir insan olduğu için ölmeye mahkûmdu. Zalim bir hükümdardı ve bu yüzden Uruk halkı onun zulmünden kurtulmak için dua ederdi. Yaratılış tanrısı Aruru, kilden Enkidu adında vahşi bir insan yaptı ve Gılgamış'ı öldürmesi için gönderdi. Bunun üzerine Kral, İştar Tapınağı'ndaki kutsal fahişelerden birini Enkidu'yu baştan çıkarması ve ehlileştirmesi için yolladı. Fahişe onu Uruk'a geri getirdiğinde Enkidu ve Gılgamış güreşseler de birbirlerini yenemeyip arkadaş oldular. Artık iki tiran vardı.

Tanrılar onları yenmesi için Canavar Humbaba'yı gönderdi ama Gılgamış ve Enkidu, güneş tanrısı Şamaş'ın yardımıyla, canavarın üstesinden geldi. Gılgamış kendisini reddedince İştar, Gılgamış'ı yok etmesi amacıyla Gökyüzü Boğası'nı dünyaya göndermesi için Anu'ya yalvardı ancak Gılgamış ve Enkidu onu da öldürdü. Böylece İştar, Enkidu'yu ateşle öldürdü ve onu Tozlar Evi'ndeki kuş kanatlı ruhların arasına yolladı. Arkadaşını kaybettiği için yıkılan Gılgamış, ölümsüzlüğün sırrını keşfetmek için harekete geçti.

Bir aslan yavrusu tutan
Gılgamış

Gılgamış ve Ebedî Hayat Bitkisi

Enkidu'nun ölümü Gılgamış'ı kederlendirdi. Kendi ölümünü sezip korktu. Bu yüzden ölümsüzlük bahşedilen tek insanı -büyük tufandan tanrılar tarafından kurtarılan ve Dilmun'un cennet bahçesinde yaşamaya başlayan tek kişi Utnapiştim'i- bulmak için yola koyuldu.

Gılgamış, doğan ve batan güneşi korumakla görevli Büyük Maşu Dağı'na vardığında geçidi koruyan iki akrep (yarı insan, yarı ejderha) gördü. Akrepler dağın karanlığından geçerek tanrıların bahçesine ulaşmasına izin verdi. Orada karşılaştığı güneş tanrısı Şamaş, Gılgamış'a aradığı ebedî hayatı asla elde edemeyeceğini söyledi. Dünyanın ucundaki deniz kıyısında mayalama tanrıçası Siduri'yi bulan Gılgamış, ondan Utnapiştim'in kayıkçısına nasıl ulaşacağını öğrendi. Utnapiştim, Gılgamış'a yaşlı bir insanı gençleştiren bir bitkinin varlığından bahsetti. Gılgamış bu bitkiyi aldı ama yılanın biri bitkiyi çalıp yedi. Babilliler yılanların bu yüzden derilerini döküp gençleştiğini fakat insanların yaşlanıp öldüğünü söyler.

MÖ yaklaşık 2300'lere dayanan bu silindir mühür, omuzlarından ışınlar çıkan güneş tanrısı Şamaş'ın (ortadaki) tasviridir.

Telepinu'nun Ortadan Kayboluşu

Bir gün Hititlerin tarım ve bereket tanrısı Telepinu öfkeye kapıldı. Sinirden kendini kaybeden Telepinu, çorak bozkırı terk etmeden önce sol ayakkabısını sağ ayağına, sağ ayakkabısını da sol ayağına giydi. Telepinu'nun yokluğunda etrafı sis kapladı; şöminedeki kütükler yanmaz oldu; koyunlar kuzularını, inekler ise buzağılarını unuttu; su kaynakları kurudu ve hiçbir ekin yetişmedi. Güneş tanrısı Şamaş, binlerce tanrıya ziyafet çekti ama tanrılar açlıklarını ya da susuzluklarını gideremedi.

Oğlu Telepinu için endişelenen fırtına tanrısı Adad, her bir dağı ve vadiyi tek tek araması için bir kartal gönderdi ama şansı yaver gitmedi. Ana tanrıça Hannahanna ise Telepinu'yu bulması ve elleriyle ayaklarını sokarak tanrılara geri getirmesi için kutsal arısını gönderdi. Fakat Telepinu döndüğünde hâlen kızgındı. Şifa tanrıçası Kamrusepa bir kartal kanadıyla Telepinu'yu arındırdı. Yeraltı dünyasının bekçileri yedi kapıyı birden açtı ve Telepinu'nun kara öfkesi karanlığın içinde kayboldu. Telepinu yeniden kendisiydi ve bereket geri geldi.

Telepinu'nun babası,
hava durumu tanrısı Adad

Baal'ın Ölümü ve Dirilişi

Ugarit'in bereket, gök gürültüsü ve yıldırım tanrısı Baal, yüce tanrı El ve karısı Aştoret'in oğluydu. Baal, zanaatkâr tanrı Kothar'a muhteşem bir saray tasarlattı fakat erkek kardeşi Yamm cariyelerini gözetlemesin diye hiç pencere koydurmadı. Kothar, yağmur ve şimşeklerini gönderirken kullanabilmesi için Baal'a tek bir pencere bıraktı.

Baal'ın kız kardeşi, aşk ve savaş tanrıçası Anath, kardeşinin düşmanlarını bir şölene çağırdı ve hepsini katlederek kafalarını boynuna astı. Düşmanlardan biri bunların arasında değildi: Ölüm tanrısı Mot. Baal, ona hürmet etmemeye ant içti ama Mot öyle korkunç bir cevap verdi ki Baal kendini sonsuza kadar Mot'un kölesi ilan etti. Baal kısa süre sonra öldü. Kuraklık ve kıtlık Mot'un pençesindeki diyarı yedi yıl boyunca perişan etti. Anath, Baal'ı aradı ve Mot, Baal'ı çiğnemekle böbürlenince Anath, Mot'u doğrayıp yaktı ve lime lime ederek toprağa ekti. Baal da Mot da yeniden hayata döndü ve güneş tanrıçası Şapaş onları yukarıda ve aşağıda olmak üzere ayrı krallıklara sahip olmaya ikna etti.

Elinde yıldırım tutan
Baal

Antik Yunan Mitleri

Apollodorus benzeri mitografların ortaya koyduğu gibi tutarlı bir pan-Helenik mitoloji ve tanrılar panteonu kavramı yanıltıcı olabilir: Antik Yunan mitolojisi büyük ölçüde yereldi; kökleri akrabalık ilişkilerine, kırsala ve şehre dayanıyordu. Antik Yunanlara göre mitoloji, hanenin atalardan kalan koruyucu tanrılarıyla birlikte evde başlardı. Bunların arasında yılan olarak betimlenen, mekânın koruyucu ruhu Agathodaimon (İyi Ruh) ve Tanrıça Hestia'nın ocakta daima yanan ateşi de vardı, Aigosthena'da tapınılan kırsal tanrı Melampus gibi muhitlere ait tanrılar da. Ayrıca *polis*, yani şehir devletlerinin koruyucu tanrıları bulunurdu. Mantineia şehrinin koruyucu tanrısı Poseidon Hippios'tu (Atlı Poseidon). Sureti şehrin madenî paralarını süslerdi; rahipleri dışında içine ayak basan herkesin ölüm cezasına çarptırıldığı tapınağı şehrin kapısındaydı. Hem yeraltı sularının hem de atların tanrısı olan ve geleneksel anlamda denizlerin tanrısı olarak bilinen Poseidon, atçılıkla uğraşan ve denize kıyısı olmayan bir şehirde su sıkıntısı çeken halk için koruyucu olarak iyi bir tercihti.

Truvalı rahip Laocaön
ve oğulları yılanların
saldırısına uğruyor.

Antik Yunan'da Yaratılış

Antik Yunanlar dünyanın nasıl ortaya çıktığına dair çeşitli hikâyeler anlattı. Hesiod'un *Teogonia* adlı şiiri (MÖ sekizinci yüzyıl) Gaia'nın, yani yeryüzünün doğduğu, onu takiben de yeraltı dünyası tanrısı Tartarus ve aşk ve arzu tanrısı Eros'un geldiği, bir uçurum ya da boşluk olarak tasarlanan Kaos'un ilk hâlini anlatır.

Ardından çiftleşerek Aydınlık ve Gündüz'ü dünyaya getiren Karanlık ve Gece geldi. Gece'nin diğer çocukları arasında Ölüm, Uyku, Mireler, yani Kader ve hayatın esas unsuru olan Eris, yani Çatışma da vardı. Yeryüzü Gaia daha sonra Ouranos (gökyüzü), Ourea (dağlar) ve Pontos'u (deniz) yarattı. Gaia, Ouranos'la çiftleşerek Titanlar, Kiploplar ve Yüz-Kollular gibi bir sürü çocuk doğurdu ve hepsi kıskanç Ouranos tarafından dünyaya, yani anneleri Gaia'nın bedenine hapsedildi.

Bazı mitler ise Gaia ya da Tanrıça Eurynome tarafından yumurtlanan ve içinden kozmosun çıktığı bir yumurtadan bahseder.

Şehvet tanrısı Eros ilk Yunan tanrılarından biriyken sonraki metinler onu aşk tanrıçası Afrodit'in yaramaz çocuğuna indirger.

Olimpos Tanrıları

Olimposlu tanrılar, Titanları yendikten sonra (bkz. sayfa 80) dünyayı aralarında bölüşmek için kura çekti. Zeus gökyüzünün, Poseidon denizlerin ve Hades yeraltının hâkimi oldu. Zeus en yüksek rütbeli tanrı olduğu için Olimpos Dağı'ndan diğer herkese hükmediyordu.

Zeus ve Hades dışında (Hades yeraltı dünyasında yaşadığı için nadiren tanrı sayılır) başlıca on iki Olimposlu tanrı vardı. Bunların dördü Kronos ve Rhea'nın çocuklarıydı: Ocak ateşi tanrıçası Hestia, ekin tanrıçası Demeter, evlilik tanrıçası ve Zeus'un karısı olan Hera ve bir de Poseidon. Konunun uzmanları diğer sekiz tanrı konusunda farklı görüşler sunsa da çoğu şu isimlerde hemfikirdir: Aşk tanrıçası Afrodit, avcılık tanrıçası Artemis, güneş ve sanat tanrısı Apollo, savaş tanrısı Ares, ateş ve demircilik tanrısı Hephaistos, savaş ve bilgelik tanrıçası Athena, şarap ve coşkunluk tanrısı Dionysos ve tanrıların habercisi Hermes. Tanrıların Olimpos Dağı'nda mükemmel bir uyum içinde yaşadıkları söylense de mitlerde çatışma, anlaşmazlık ve ihanetle iç içe tasvir edilir.

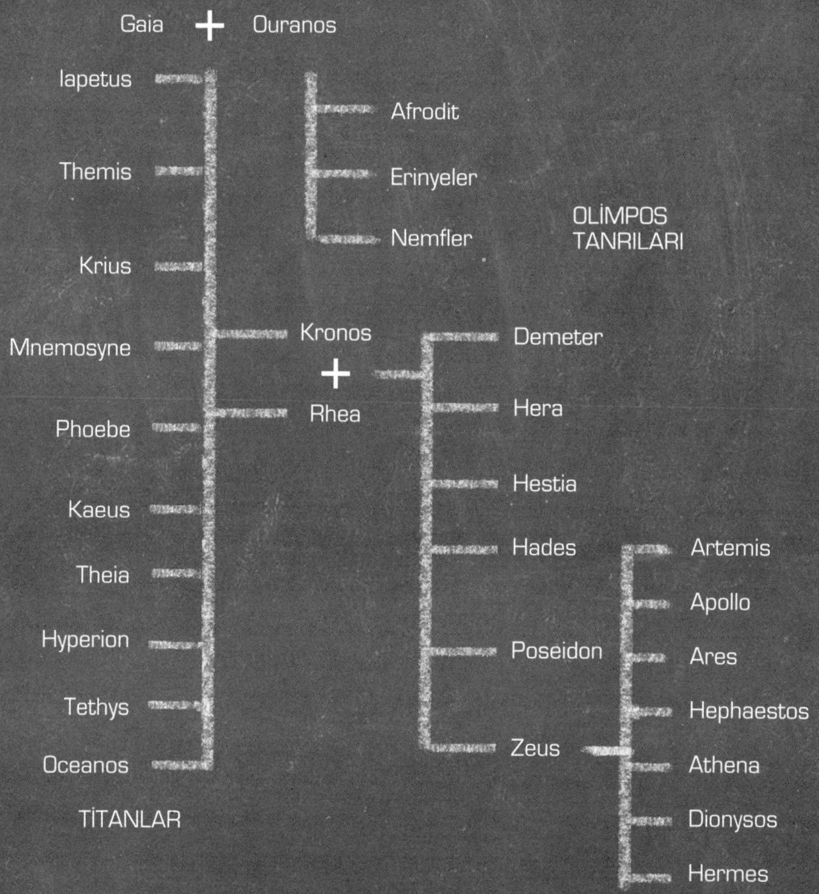
Gaia + Ouranos
Iapetus
Themis
Krius
Mnemosyne
Phoebe
Kaeus
Theia
Hyperion
Tethys
Oceanos
TİTANLAR
Afrodit
Erinyeler
Nemfler
OLİMPOS
TANRILARI
Kronos
+
Rhea
Demeter
Hera
Hestia
Hades
Poseidon
Zeus
Artemis
Apollo
Ares
Hephaestos
Athena
Dionysos
Hermes

Titanlar

Kıskanç Ouranos altısı erkek, altısı dişi on iki Titan'ı anneleri Gaia'nın bedenine hapsedince, öfkeli Gaia adamant taşından bir orak yarattı ve en küçük çocuğu Kronos'a verdi. Ouranos bir dahaki sefer Gaia'yla birlikte olduğunda Kronos uzandı ve orakla Ouranos'u hadım etti. Kronos, Ouranos'un kopan testislerini okyanusa attı ve Kıbrıs'a kadar yüzdüler.

Özgürlüklerine kavuşan Titanlar artık Kronos'un liderliğinde dünyaya hükmediyordu. Kronos, kız kardeşi Rhea ile evlendi ve Rhea ilk Olimposlu tanrıları dünyaya getirdi: Hestia, Demeter, Hera, Hades ve Poseidon. Gaia, Kronos'a tıpkı Ouranos gibi kendi çocuğu tarafından devrilmeye mahkûm olduğunu söyledi. Bunun üzerine Kronos çocuklarının her birini doğdukları anda yuttu. Gaia altıncı çocuk Zeus'u Girit'te gizlice yetiştirmek için kaçırdı. Zeus büyüdüğü zaman Kronos'u oyuna getirerek tanrıları kusmasını sağladı. Ardından serbest bıraktığı Kiklopların verdiği yıldırımı kullanarak Titanlar ve Olimposlular arasındaki savaşı kazandı.

Titan tanrıçası Gaia (oturan) ve Titan Kronos (ayakta).

İnsan Irkının Kökeni

Tanrılar insanlığı yaratmak için çeşitli girişimlerde bulundu. İlki olan Altın Irk, barışçıl ve akıllı olmalarına rağmen çocuk yapamadıkları için doğal olarak yok oldu. Gümüş Irk'a mensup olan insanlar kötü kalpli ve aptallardı; tanrılara saygı göstermedikleri için Zeus tarafından yok edildiler. Titan Prometheus rivayete göre üçüncü ırk olan Bronz Irk'ı kilden yarattı; bilgelik tanrıçası Athena ise nefesiyle onlara can verdi. Bu insanlar Zeus'a bir boğa kurban ettiğinde, Prometheus boğanın postunun altındaki eti sakladı ve kemikleri iştah açıcı bir yağla kaplayarak Zeus'tan tanrılar için ayrılacak bölümü seçmesini istedi. Kemikleri seçen Zeus o kadar öfkelendi ki insanları ateşten mahrum etti. Prometheus, güneşin atlı arabasından çaldığı ateşi insanlığa vermenin yanı sıra onlara düşünme yetisi gibi başka armağanlar da verdi. Bronz Irk tarafından hayal kırıklığına uğrayan Zeus, onları ortadan kaldırmak için dünyaya bir tufan gönderdi. Bu tufandan yalnızca Prometheus'un oğlu Deukalion ve Prometheus'un kardeşi Epimetheus'un kızı Pyrrha ile Pandora (Zeus tarafından yasak bir kutuyla beraber dünyaya gönderilen ve bu kutuyu açmasıyla tüm kötülükleri dünyaya salan ilk fani kadın) kurtuldu.

Titan Prometheus insanlığı kilden yaratıyor.

Prometheus'un Cezalandırılması

Prometheus ve erkek kardeşi Epimetheus, kendi ırklarına karşı Olimpos tanrılarının yanında savaşan Titanlardı. Prometheus'un ateşi çalıp insanlara vermesine öfkelenen Zeus, onu maymuna dönüştürdü ve Prometheus'a otuz bin yıllık bir ceza verdi.

Kafkas Dağları'nda bir kayaya zincirlenen Prometheus, her gece dev bir kartal tarafından ziyaret edilir ve ciğeri gagalanarak sökülüp alınırdı; Zeus ise her gün ciğerini yeniler, böylece işkence asla son bulmazdı. Prometheus bir gün Zeus'u deniz nemfi Thetis'e karşı uyardı ve ondan doğacak erkek çocuklarının babalarından daha üstün olacağını söyledi. Zeus, Thetis'in peşini bıraktı ve Alkmene'den olan oğlu Herakles'e Hesperidlerin Altın Elmalarını almaya gittiği sırada kartalı vurup öldürerek Prometheus'u serbest bırakması için izin verdi. Bunun karşılığında Prometheus Herakles'e elmalara nasıl ulaşacağını anlattı. Dünyayı omuzlarında taşıyan Atlas isimli Titan'la geçici olarak yer değiştirmesini ve elmaları ona aldırmasını söyledi. Prometheus daha sonra Olimpos Dağı'nda ölümsüzlerin arasına katıldı.

Sarp kayalıklara zincirlenen Prometheus, Eshilos'un *Zincire Vurulmuş Prometheus* adlı oyununa konu olmuştur.

Zeus ve Hera

Gökyüzünün ve tanrıların efendisi olan Zeus, yıldırımlar ve çıplak ellerinin gücüyle otoritesini güçlendirerek Olimpos üzerinde hüküm sürdü. Poseidon, Athena ve Zeus'un karısı Hera bir seferinde Zeus'un gücüne meydan okuyup onu bağlamak için bir plan yaptılar. Ancak Zeus aynı zamanda Akhilleus'un annesi olan deniz nemfi Thetis tarafından serbest bırakıldı. Bazı kaynaklar Zeus'un yaptıkları yüzünden Hera'yı cezalandırdığını, onu altından bir zincirle askıya aldığını ve örslerle ayaklarından astığını iddia eder.

Hera evlilik tanrıçasıydı ancak sadakatsizliği yüzünden Zeus'la ilişkisi fırtınalıydı. Hera kıskançlıkla Zeus'un birçok sevgilisinden intikam aldı. Titan Leto, Zeus'tan Afrodit ve Apollo'ya hamile kaldığında, Hera doğum yapması için ona bir yer vermeyi reddetti. Leto nihayet yüzer ada Delos'u bulduğunda ise Hera doğum tanrıçası İlithiya'yı yanına yaklaştırmadı. Zeus ve Hera'nın üç çocuğu oldu: Savaş tanrısı Ares, doğum tanrısı İlithiya ve gençlik tanrısı Hebe. Dördüncü çocuk olan demirci tanrısı Hephaistos'un yalnızca Hera'ya ait olduğu söylenir.

Zeus ve Danae

Argos kralları, Zeus ve Io'nun oğlu olan Epafos'un soyundan gelirdi. Tahtın erkek vârisleri olan ikizler Akrisios ve Proitos rahimdeyken tartışmaya başlayıp kavga ederek büyüdüler. Akrisios Argos'u ve Proitos Tiryns'i yönetecek şekilde krallığı ikiye böldüler.

Akrisios'un Danae adında bir kızı vardı. Akrisios, Delfili bir kâhine bir oğlu olup olmayacağını sorduğunda kâhin, Danae'nin bir erkek çocuk doğuracağını ve bu çocuğun Akrisios'u öldüreceğini söyledi. Korku içindeki Kral, avlusunun altına, tavanında içeri hava ve ışık girmesi için ince bir yarıktan başka açıklığı olmayan tunçtan bir oda yaptırdı. Danae ve dadısını bu odaya hapsetti. Zeus kendini Danae'nin kucağına dökülen altın yağmuruna dönüştürerek onu baştan çıkardı. Danae, kahraman Perseus'u (bkz. sayfa 120-2) doğurdu. Dadısıyla beraber onu gizlice büyüttü, üç veya dört yaşına geldiğinde Akrisios çocuğun gülüşlerini duydu. Dadıyı idam etti ve Danae'yi Perseus'la beraber bir sandığın içine kilitleyerek denize attı. Ölmelerini umdu ama bir balıkçı ağına takılınca kurtarıldılar.

Zeus, Danae'yi altın yağmuruyla hamile bırakıyor.

Leda ve Kuğu

Leda, Sparta kralı Tyndareos'un karısıydı. Zeus kuğu görünümüne bürünerek Leda'yı baştan çıkardı. Tyndareos aynı gece karısıyla birlikte oldu ve Leda dört çocuk doğurdu: Helen ve Polydeuces'in babaları Zeus; Castor ve Clytemnestra'nın babaları Tyndareos'tu.

Bu çocukların her birinin önemli rolleri olacaktı. Helen muhteşem bir güzellikti ve onu gelini yapmak isteyen Theseus tarafından kaçırıldı fakat Polydeuces ve Castor tarafından kurtarıldı. Önde gelen tüm Yunanlar Helen'le evlenmek için yarıştı. Tyndareos onu Menelaos'a verdi fakat Helen onu Paris için terk etti, böylece on yıl sürecek Truva Savaşı ateşlendi. Clytemnestra, Miken kralı Agamemnon'la evlendi. Truva'ya hızlı rüzgârlarla gidebilmenin teminatını almak için kızları İphigeneia'yı kurban eden kocasını asla affetmedi ve dönüşünde onu öldürdü. Oğulları Orestes daha sonra babasının intikamını aldı. Polydeuces ve Castor'a Dioscuri adı verildi. Castor ölürken Polydeuces Zeus'a yalvararak kendisinin de ölmesine izin vermesini istedi, bunun yerine Castor'a erkek kardeşinin ölümsüzlüğünü paylaşma şansı verildi ve ikili Hades ve Olimpos Dağı'nda dönüşümlü olarak yaşadı.

Afrodit ve Ares

Aşk tanrıçası Afrodit, Ouranos'un testislerinin etrafında biriken deniz köpüğünden doğdu (bkz. sayfa 80). Sadece bakire tanrıçalar Athena, Artemis ve Hestia onun neden olduğu acı ve zevkler karşısında güven altındaydı.

Afrodit topal zanaat tanrısı Hephaistos'la evliydi ama mutlu bir evlilikleri yoktu. Savaş tanrısı Ares'le sevgili oldu ve güneş tanrısı Helios onları birlikte olurken görüp Hephaistos'a anlattı. Hephaistos demircilik becerilerini kullanarak görünmez, sapasağlam bir ağ tasarladı ve bunu yatağının üzerine astı; sevgililer yatağa uzandıklarında ağ üzerlerine indi ve ikiliyi iş üstündeyken hapsetti. Bunun üzerine Hephaistos rezil olan çifti gelip görmeleri için tüm tanrı ve tanrıçaları davet etti. Tanrıçalar uzak durdu ama Poseidon, Hermes ve Apollo tereddüt etmeden geldi. Mutsuz çiftle alay ettiler. Apollo ve Hermes, Afrodit'le birlikte olmak için bu şekilde kapana kısılmaya değeceğini kabul etti. Poseidon en sonunda Ares'in ceza ödemesi koşuluyla sevgilileri serbest bırakması için Hephaistos'u ikna etti.

Afrodit ve Adonis

Yakışıklı genç Adonis, Yunan mitolojisine Batı Asya'dan ithaldir; hikâyesi Babillilerin Dumuzi'siyle (bkz. sayfa 60) birçok parallellik gösterir. Adonis'in, Myrrha ve babası Asur kralı Theias arasındaki ensestin ürünü olduğu söylenir. Myrrha karanlıkta Theias'ın yatağına girdi; Theias baş ucundaki lambayı yakıp bu gizemli âşığının kim olduğunu görünce onu öldürmeye çalıştı. Kaçarak uzaklaşan Myrrha sonrasında bir mür ağacına dönüştü. Bir yaban domuzunun bu ağacı boynuzlamasının sonucunda ise Adonis doğdu.

Hem Afrodit hem de Persephone, Adonis'e âşık oldu ve çekişmelerini Zeus'a taşıdılar. Zeus, Adonis'i yılın üçte birine denk düşecek şekilde ikisi arasında paylaştırdı; kalan üçte birlik kısmı seçim yapması için Adonis'e bıraktı (hikâyenin bazı versiyonlarında Adonis'i her birine altı ay boyunca verir). Adonis, Afrodit'i seçti. Ovid, çiftin sıkça avlanmaya gittiğini ve Adonis'in vahşi bir yaban domuzu tarafından öldürüldüğünü, dökülen kanından ise ilk dağ lalelerinin çıktığını anlatır. Adonis özünde bereket ve bitki örtüsü tanrısıdır. Yeşerme mevsiminde yeryüzünde, nadas zamanı yeraltında yaşar.

Apollo ve Piton

Apollo kehanet, okçuluk, müzik ve sanat tanrısıydı; Phoebus Apollo olarak ise güneş tanrısıydı. Zeus ve dişi Titan Leto'nun oğlu Apollo, Tanrıça Themis tarafından ambrosia ile beslenerek birkaç gün içinde tamamen büyüdü. Themis geleceği görebiliyordu ve Apollo, Tanrı Pan tarafından kehanet konusunda eğitilip kehanet tanrısı oldu. Kehanet tapınağı, arı kovanı şeklindeki Omphalos taşının dünyanın göbeği olarak saygı gördüğü Delfi'deydi.

Apollo, Delfi'ye ilk geldiğinde kayadaki yarık, Apollo'nun okuyla vurarak öldürdüğü vahşi bir yılan, bir piton tarafından korunuyordu. Tapınağın kâhin rahibesi daha sonra, sık sık çelişkili ve muğlak kehanetlerini trans hâlinde, muhtemelen de yeraltındaki odasına kayalardaki çatlaklardan sızan halüsinojenik buharların etkisiyle söyleyen Pythia olarak adlandırıldı. Delfi kâhinine itibar anlamında rakip olabilecek tek kişi Dodona'daki Zeus kâhinidir.

9. *Python ab Apolline interficitur.*

Artemis

Bakire avcı ve vahşi doğanın hâkimi Artemis, Apollo'nun ikiz kız kardeşiydi. Babaları Zeus, anneleri ise çoğunlukla Artemis'le beraber avlanan Leto'ydu. İkizler okçuydu, Artemis vaktinin büyük bir kısmını iffet yemini etmiş nemfleriyle birlikte avlanarak geçirirdi. Nemf Callisto, Zeus'un tecavüzüne uğradığı zaman ceza olarak kimine göre Artemis kimine göre Hera tarafından ayıya dönüştürüldü.

Artemis'in bazı erkek hayranları da vardı; özellikle Theseus'un oğlu Hippolytus ve dev bir avcı olan Orion. Orion öldüremeyeceği hiçbir hayvan olmadığını söyleyerek övündü, yeryüzü tanrıçası Gaia onu sokarak öldürmesi için dev bir akrep gönderdi. Artemis ve Leto'nun yalvarmaları üzerine Orion bir takımyıldızına dönüştürüldü. Başka bir ünlü avcı olan Thebai kralı Kadmos'un torunu Akteon, nemfleriyle beraber ormandaki bir gölde çıplak yıkanan Artemis'e rastlayınca başına korkunç şeyler geldi. Tanrıça, Akteon'un üzerine su sıçratarak onu bir geyiğe dönüştürdü; ardından kendi av köpekleri tarafından kovalanarak parçalandı.

Athena

Bakire tanrıça Athena hem yüreklere korku salan bir savaş tanrıçası hem de iplikçilik, dokumacılık, marangozluk ve çömlekçilik gibi el sanatlarının tanrıçasıydı. Ona çeşitli şekillerde tapınılırdı: Özellikle zafer tanrıçası Athena Nike ve Atina'nın koruyucusu Athena Polias gibi. Truva Savaşı'nda Yunanların tarafında yer alsa da Truva'nın koruyucusu olarak da görüldü. *Odysseia*'da Odysseus'un sadık dostu ve akıl hocası olarak bahsi geçen Athena, Truva'dan evine dönen Odysseus'a uzun süren yolculuğu boyunca yardımcı oldu. Athena aynı zamanda bilgeliği ve zekâsıyla tanınır ve genellikle bir baykuşla birlikte resmedilir.

Athena'nın doğumu çok sıradışıydı. Zeus'un ilk karısı Metis, Athena'ya hamileyken, Zeus karısından doğacak bir sonraki çocuğun tanrılara ve insanlara hükmedecek bir oğlan çocuğu olduğunu öğrendi. Bunu önlemek için Metis'i yuttu. Athena'nın doğma vakti geldiğinde Hephaistos, Zeus'un başını bir baltayla yardı ve Athena silah kuşanmış bir hâlde savaş naraları atarak dışarı fırladı.

Arakne'nin Ağı

Arakne sıradışı bir yeteneği olan Lidyalı sıradan bir kızdı: Mükemmel bir dokumacıydı. İşiyle gurur duyan Arakne, dokumacılık tanrıçası Athena'ya meydan okudu. Athena, yaşlı bir kadın kılığında yanına gelerek Arakne'ye sözlerini geri almasını tembih etti fakat bu Arakne'yi daha da hırslandırdı.

Athena dokumasında Poseidon ile arasında geçen, Atina'nın koruyuculuğunu kimin yapacağıyla ilgili rekabeti resmetti. Ayrıca tanrılara meydan okuyanların çektiği cezalardan sahneler de ekledi. Arakne, tanrıların itibarsız davrandığı durumları tasvir etti: Zeus'un kuğu şeklinde Leda'yı ve altın yağmuru olarak Danae'yi baştan çıkarması; Poseidon'un aygıra dönüşerek Tanrıça Demeter'le birlikte olması ve Dionysos'un üzüm salkımına dönüşerek Erigone'yi kandırması. Bütün bunlar o kadar mükemmel işlenmişti ki neredeyse gerçek gibi görünüyordu; Athena hiçbir hata bulamadı. Arakne'yi bir mekikle dövdü. Arakne kendini asmaya kalktığında Tanrıça onu bir örümceğe dönüştürerek mükemmel ağlarını sonsuza kadar örmekle lanetledi.

Gustave Doré, Dante'nin *Inferno* eseri için yaptığı çizimde Arakne'nin yeraltı dünyasındaki ızdırabını resmetmiştir.

Hades ve Ölüler Ülkesi

Hades yine Hades olarak adlandırılan soğuk ve karanlık yeraltı dünyasının tanrısıydı. Haberci tanrı Hermes ölülere Acheron Irmağı'na kadar eşlik eder, Kayıkçı Kharon da onları genellikle ölünün ağzına koyulan *obolos* adlı ufak bir madenî para karşılığında nehrin öte yakasına götürürdü.

Yeraltı dünyasının kapısında bekçilik yapan üç başlı köpek Kerberos, gölgeleri (ölülerin ruhlarını) kuyruğunu sallayarak karşılar ama kaçmaya çalıştıklarında onlara saldırırdı. Ölüler ülkesinde bazı gölgeler Elysion'da huzur içinde yaşarken bazıları Tartaros'ta işkence görür; çoğu ise umarsız bir biçimde Asphodel çayırlarında toplanırdı. Efsanevi kahraman Odysseus ölülere akıl danışacağı zaman yeraltı dünyasının eşiğinde bir koyun kurban etti ve akan kan ölülerin konuşmasını sağladı; Akhilleus ona ölülerin kralı olmaktansa yaşayan bir köle olmayı yeğlediğini söyledi. Ölüler canlı varlıkların görünüşüne sahip olsalar da tensel bir varoluşları yoktu; Odysseus annesinin gölgesine sarılmayı denediğinde kolları boşluğa kapandı.

Yeraltı dünyasının bekçisi, üç başlı Kerberos'un antik bir grafitisi

Persephone'nin Tecavüzü

Aynı zamanda Bakire Kore olarak da adlandırılan Persephone, Zeus ile ekin tanrıçası Demeter'in kızıydı. Bir gün çayırda çiçek topladığı sırada yer yarıldı ve ölüler ülkesinin tanrısı Hades altın savaş arabasıyla çıkarak Persephone'yi kaçırdı. Persephone haykırarak babasına seslendi fakat dualar tapınağında kurbanları kabul eden Zeus kızını duymadı. Çığlıkları dağların tepelerinden denizlerin derinliklerine kadar tüm dünyada yankılanan Persephone'yi en sonunda annesi Demeter duydu. Kızının sesi kalbini delip geçen Demeter de acı içinde feryat etti. Ama çok geçti.

Hades çığlıklar atan Persephone'yi gelini yapmak için yeraltı dünyasının soğuk karanlığına sürükledi. Zeus'un böyle bir şeye izin vermesine öfkelenen Demeter, tanrılarla ilişkisini kesti. Yaşlı bir kadın kılığında dünyayı arşınladı ve bir yıl boyunca yeryüzü çorak kaldı. Tanrılar dönmesi için yalvardı fakat Demeter geri dönmedi.

Eleusis Gizemleri

Ekin tanrıçası Demeter kederinden dünyayı kurak bir hâlde bıraktığında Zeus, Hades'e gelini yapmak için kaçırdığı kızı Persephone'yi serbest bırakmasını söylemek için Hermes'i gönderdi. Hades kabul etti ama ilk önce Persephone'nin biraz nar tanesi yemesi gerekiyordu. Persephone, ölüler diyarında yemek yediği için oraya bağlıydı; kışı yeraltı dünyasında geçirmek zorunda kaldı, yılın kalanında ise annesine geri götürüldü; böylece Demeter dünyanın bereketini yeniden sağladı.

Demeter "bütün insan ırkını bir arada tutma" düşüncesinde dinî bir kültün merkezine dönüşen Eleusis'te kızına bir tapınak kurdu. Eleusis Gizemleri, her ilkbahar ve sonbaharda Persephone'nin gelişini ve hasat sonrası Hades'e dönüşünü anmak için düzenlenen kutsal törenlerdi. İlk kez katılan üyeler ölümden sonra yeni bir hayatın olduğuna dair bir dizi aydınlanmalar yaşar ve Persephone'nin oğlu Güçlü Brimos'un yeraltı dünyasının ateşlerindeki mucizevi doğumunun haberini alırlardı.

Eleusis adak levhası

Dionysos

Şarap ve coşkunluk tanrısı iki defa doğdu. Zeus yılan şeklinde Persephone ile çifleşti ve vârisi olarak Zagreus doğdu. Hera çocuğu kaçırmaları için Titanları kışkırttı. Titanlar Zagreus'u parçalayıp kalbi dışında her şeyi yediler. Zeus, oğlunun kalbini fani sevgilisi Semele'nin içine yerleştirdi. Hera, Zeus'tan bütün ihtişamıyla karşısına çıkmasını istemesi için Semele'yi ikna etti; Zeus bu isteği yerine getirince Semele yanarak kül oldu. Zeus bebeği Semele'nin rahminden söküp aldı ve kendi bacağının içine dikti. Dionysos vakti gelince oradan doğdu.

Dionysos'la ilgili mitler genellikle tasasızdır; örneğin sadece yunusa dönüşmek için onu kaçıran korsanlar gibi. Fakat Dionysos'a tapınanlar ilahi bir kendinden geçme yaşardı; kadın müritleri maenadlar vahşi hayvanları yakalar, onları parçalar ve yerdi. Semele'nin kız kardeşi Agave'nin oğlu Kral Pentheus, Dionysos'a tapınmayı ortadan kaldırmayı deneyince tanrı onu delirtti. Gizli ayinleri gözetleyen Pentheus, maenadlar tarafından yakalanarak paramparça edildi. Dionysos, Ariadne ile evliydi.

Orfeus ve Evridiki

Orfeus, müziği vahşi hayvanları ehlileştiren ya da denizleri yatıştıran büyük bir şarkıcıydı. İlham perisi Kalliope ve Oiagros'un (ya da Tanrı Apollo'nun) oğluydu. Orfeus, nemf Evridiki ile evliydi fakat törenden dönerken çayırların içinde yürüyen Evridiki bir yılan tarafından sokularak öldü. Kederine yenik düşen Orfeus, karısının peşinden ölüler ülkesine gitti.

Orfeus, Evridiki'nin hayatının sonuna kadar yaşamasına izin vermesi için Hades'e yalvardı. Yılan ısırığından hâlâ topallayan Evridiki, Orfeus'un karısıyla beraber ölüler ülkesinden çıkana kadar arkasına bakmaması koşuluyla serbest bırakıldı. Yol karanlık, sessiz ve sarptı ve Evridiki kocasının ardından topallıyordu. Endişelenen Orfeus arkasını döndü ve Nemf kollarının arasında buhar oldu. Orpheus başka bir kadın almayı reddetti ve hayvanlara, kuşlara, ağaçlara ve kayalara şarkılar söyleyerek ormanında kaldı. Trakya kadınlarını reddettiğinde onu ölümüne parçaladılar. Hebrus Irmağı'na kapılıp sürüklenen kafası ve liri şarkılar söylemeye devam etti. Orfeus kutsanmışların çayırlarında nihayet Evridiki'ye kavuştu.

Orfeus lirini kuşlar ve hayvanlara çalarken.

Herakles'in Görevleri

En büyük Yunan kahramanı Herakles, Zeus'un Alkmene'den olan oğluydu. Kıskanç Hera onu delirtti ve cinnet hâlinde karısı Megara ve çocuklarını öldürdü. Herakles'e ceza olarak on iki imkânsız iş ya da "görev" verildi.

Vahşi Nemea aslanını öldürmek; kesilen her başının yerinde iki tane çıkan çok başlı Hydra'yı yok etmek; kutsal Keryneia Geyiği'ni yakalamak; Erymanthos yaban domuzunu zapt etmek; Kral Augeas'ın ahırında yıllardır duran hayvan dışkılarını temizlemek; Stymphalos Gölü'ne yuva kurmuş devasa kuşları kovmak; Poseidon'a ait, Minotor'un babası olan boğayı ele geçirmek; Diomedes'in insan yiyen kısraklarını ehlileştirmek; savaşçı kadın topluluğu Amazonların kraliçesi Hippolyta'nın kuşağını aşırmak; dev Geryoneus'un sığırlarını çalmak zorundaydı. Daha sonra Hesperidlerin altın elmalarını çalmaya gönderildi. Herakles'in son olarak yeraltı dünyasını koruyan üç başlı köpek Kerberos'u yakalaması gerekiyordu. Bunlar Herakles'i suçlarından arındırdı. Ölümünden sonra ona tanrıların arasında ölümsüzlük bahşedildi.

Theseus ve Minotor

Atinalı kahraman Theseus, Atina kralı Egesus ya da deniz tanrısı Poseidon'un oğluydu; her ikisinin de aynı gece annesi Ethra'yla birlikte olduğu söyleniyordu.

Her dokuz yılda bir, Atina yedi genç erkek ve kadını Girit kralı Minos'a haraç olarak verirdi. Bu insanlar, Minos'un karısı Pasiphae ve Poseidon'un gönderdiği bir boğanın çocuğu olan boğa başlı ve insan bedenli canavar Minotor'un yiyeceği olarak sunulurdu. Minotor'un ini zanaatkâr Daidalos'un tasarladığı, içine girilmez bir labirentti. Minotor'u öldürmeye niyetlenen Theseus, haraç için gönderilenlerden biri olmaya gönüllü oldu. Girit'te Minos'un kızı Ariadne kahramana âşık oldu ve labirentte yönünü bulmasına yardım etti. Girişe bir sicim yumağı bağladı, böylece yaratığı öldürdükten sonra adımlarını takip ederek yolunu bulabilirdi. Theseus eve dönüş yolunda Ariadne'yi Nakşa Adası'nda bıraktı. Teknesiyle Atina'ya yanaştığında babasına hayatta olduğunu belli etmek için çekeceğini söylediği beyaz yelkeni çekmeyi unuttu. Theseus'u kaybettiğini zanneden babası kendini Ege Denizi'nin sularına bıraktı.

Daidalus ve İkarus

Girit kralı Minos, hünerlerini Tanrıça Athena'dan öğrenen Daidalus adında dâhi bir zanaatkârı işe aldı. Daidalus Girit Adası'nı koruyan boğa başlı dev bronz savaşçı Talos'u inşa etti. Düşman filoları kıyıya yaklaştığında Talos metal bedeninin ısısını kullanarak onları ateşe verirdi.

Karısı Pasiphae yarı-insan, yarı-boğa Minotor'u doğurunca, Minos yaratığı zapt etmek için Daidalus'a Knossos'taki sarayın yanına devasa bir labirent yapmasını emretti. Minotor'un Theseus tarafından öldürülmesinden sonra Minos, Daidalus ve oğlu İkarus'u yüksek bir kuleye hapsetti. Kuşlardan tüy topladılar ve kaçmak için kendilerine kanatlar yaptılar. Kızgın güneş arabasındaki Apollo'yu yakından görmeyi uman İkarus çok yükseğe uçtu ve güneş kanatlarını bir arada tutan balmumunu eritince düşerek öldü. Daidalus, Sicilya'daki Kral Kokalus'un yanına sığındı. Kral Minos oraya kadar onu takip etti ama Daidalus kendi icadı olan sıcak su borularıyla Minos'u haşlayarak öldürdü.

Gorgonlar

Euryale, Stheno ve Medusa adlı üç Gordon, altın kanatları ve yaban domuzunu andıran azı dişleri olan çirkin dişi canavarlardı; bakışları erkekleri taşa çevirebiliyordu. Euryale ve Stheno ölümsüzdü fakat Medusa değildi. Athena onun tapınağında deniz tanrısı Poseidon'la birlikte olduğu için ceza olarak Medusa'nın güzel saçlarını bir yılan yığınına dönüştürdü.

Serifos kralı Polydektes, Zeus ve Danae'nin oğlu Perseus'u yemeğe davet ettiğinde, kahraman krala hediye olarak Medusa'nın kafasını getireceğine yemin etti. Tanrılar ona yardım etti: Nemfler Perseus'a kanatlı sandaletler ve bir çanta getirdi, Hades ona görünmezlik miğferini ödünç verdi, Hermes adamant taşından bir orak verdi ve Athena cilalı tunçtan kalkanını emanet etti. Gorgonları kalkanın yansımalı yüzeyinden gözetleyen Perseus, kız kardeşler uyuyana kadar bekledi. Medusa'nın kafasını orakla keserek çantaya koydu. Onun kesik boynundan Poseidon'a ait iki çocuk doğdu: Kanatlı at Pegasus ve Hrisaor. Perseus görünmezlik miğferini ve kanatlı sandaletleri kullanarak intikam almak isteyen Gorgonlardan kaçmayı başardı.

Perseus ve Andromeda

Perseus, Gorgon Medusa'yı öldürdükten sonra evine dönerken deniz kıyısında bir kayaya zincirlenmiş güzel bir genç kız gördüğü Etiyopya'ya geldi. Bu, Kral Kepheus'un kızı Andromeda'ydı. Ebeveynleri kızlarının Nereidlerden (deniz nemfleri) çok daha güzel olduğuna dair övününce deniz tanrısı Poseidon öyle kızdı ki karayı tuzlu suların altında bıraktı. Etiyopyalılar onu sakinleştirmek için Andromeda'yı deniz canavarına kurban etmeyi kabul etti.

Perseus elleri bağlı olan Andromeda'yı görünce âşık oldu. Kepheus onunla evlenebileceğini ama önce onu kurtarması gerektiğini söyledi. Perseus kanatlı sandaletleri kullanarak yükseldi ve adamant taşından yapılmış orağıyla yukarıdan deniz canavarına saldırdı. Canavar ölünce Perseus, Andromeda'yı karısı ilan etti. Kepheus'un erkek kardeşi ve Andromeda'nın nişanlısı olan Phineus, Perseus'a meydan okudu. Phineus ve adamlarının savaşta kendisini alt edeceğini anlayan Perseus, çantadan Medusa'nın kafasını çıkarıp hepsini taşa çevirdi.

Oedipus ve Sfenks

Oedipus, Thebai kralı Laios ve Kraliçe Jocasta'nın oğluydu. Laios'un oğlu olursa bu çocuğun onu öldüreceğine dair bir kehanette bulunulmuştu. Bunun üzerine bebeği ölmesi için Kithairon Dağı'na bırakması amacıyla bir çobana verdiler. Merhametli çoban, Oedipus'u başka bir çobana verdi; o da bebeği Korint'e götürdü ve kendi çocukları gibi yetiştirmeleri için kral ve kraliçeye teslim etti.

Delfi kâhini, Oedipus'a kaderinde babasını öldürüp annesiyle evlenmek olduğunu söyledi. Oedipus Korint'te kalmak yerine Thebai'ye doğru yola koyuldu. Bir kavşakta at arabasındaki bir adam Oedipus'u zorla yoldan çıkarmaya çalıştı ve Oedipus adamı öldürdü; bu kişi Laios'tu. Oedipus, Thebai'yi insan yiyen bir sfenks tarafından yerle bir edilmiş hâlde buldu. Jocasta'nın erkek kardeşi ve şehrin yeni hâkimi olan Kreon, sfenksi kim öldürürse onun Jocasta'yla evleneceğini ve şehrin kralı olacağını buyurdu. Oedipus sfenksin bilmecesini çözüp onu öldürdü. Ardından bilmeden annesiyle evlendi. Veba şehre geldiğinde Oedipus'un gerçek kimliği açığa çıktı. Dehşete kapılan Jocasta kendini astı, Oedipus ise gözlerini kör etti ve toplumdan dışlanmış biri olarak dünyayı gezdi.

Antigone

Antigone, Oedipus farkında olmadan annesiyle evlendiğinde doğan dört çocuktan biriydi. İsmene adında çekingen bir kız kardeşi, Eteokles ve Polineikes adlı iki de erkek kardeşi vardı. Antigone, ailesine olan düşkünlüğüyle tanınırdı—bu, Sofokles'in *Antigone* isimli oyununda araştırdığı bir temadır.

Oyun, Thebai'nin hâkimiyeti için rakip olan Eteokles ve Polineikes'in birbirlerini öldürerek babalarının lanetini gerçekleştirmesiyle açılır. İktidarı üstlenen amcaları Kreon, Eteokles'i gömer ama saldırıyı başlatan Polineikes'in kuşlar tarafından yenmesi için gözler önünde bırakılacağını söyler. Antigone amcasına meydan okur ve sembolik bir cenaze merasimiyle kardeşinin cesedinin üstüne toprak atar. Antigone ceza olarak canlı hâlde mezara kapatılır. Kreon'un oğlu (ve Antigone'nin sevgilisi) Haimon ve Kâhin Teiresias hoşgörü göstermesi için Kreon'a yalvarırlar. Teiresias tarafından tanrıları öfkelendirdiğine ikna edilen Kreon geri adım atar. Yolda Polineikes'i gömmek için durur, lahde vardığında Antigone kendini asmıştır. Önce Haimon kendini öldürür, ardından da annesi Eurydice. Kreon ise acı pişmanlıklarıyla yalnız kalır.

Paris'in Yargısı

Paris, Truva kralı ve kraliçesi Priam ile Hekabe'nin oğluydu. Çatışma tanrıçası Eris tarafından kışkırtılarak rekabete giren tanrıçalar Hera, Athena ve Afrodit kimin en güzel olduğunu Paris'in değerlendirmesini istediler. Ödül olarak Hera güç sundu, Athena savaşta zafer güvencesi verdi ve Afrodit, Sparta kralı Menelaos'un güzel karısı Helen'i vadetti. Paris, Afrodit'i seçti ve Helen'i kaçırarak on yıl süren Truva Savaşı'nı tetikledi.

Truva tarafında savaşan Paris, daha cengâver olan kardeşi Hektor'dan aşağı görülüyordu. Öncesinde Menelaos ile teke tek savaşan Paris mağlup oldu. Afrodit onu kurtarmak zorundaydı ve Helen'i Paris'in yatağına gönderdi. Onlar birlikte olurken Yunan ordusunun lideri Agamemnon, Menelaos'un açıkça zafer kazandığını ve eğer Truvalılar Helen'i iade eder ve tazminat öderlerse savaşın biteceğini duyurdu. Ama tanrılar buna izin vermedi. Hera, Truva'nın yok olduğunu görme arzusunu bastıramıyordu. Athena, Truvalı askerlerden birini Menelaos'a ok atarak ateşkesi bozmaya ikna etti ve savaş yeniden alevlendi.

Paris tanrıçaları değerlendirirken.

Akhilleus

Akhilleus, Kral Peleus ve deniz nemfi Thetis'in oğluydu. Thetis gündüzleri ambrosia ile mesh edip akşamları da közlerin üzerine koyarak bebeğini ölümsüz yapmayı denedi. Hikâyenin sonraki versiyonunda ise Thetis bebeği topuklarından tutarak Hades'teki Styx Nehri'ne sokar ve vücudunun o kısmı savunmasız kalır.

Akhilleus Truva Savaşı'ndaki Yunan savaşçıların en iyisiydi ancak Briseis adlı köle kızı kendisinden aldığı için Kumandan Agamemnon ile tartıştı. Akhilleus çadırında somurtarak savaşmayı reddederken savaşın dengesi Yunanların aleyhine döndü. Akhilleus'un zırhını ödünç verdiği dostu Patroklos, Truvalı prens Hektor tarafından öldürüldü. Bunun üzerine Akhilleus savaş meydanına döndü ve Hektor dâhil birçok Truvalıyı öldürdü. Hektor'un cesedini bileklerinden bir at arabasına bağladı ve on bir gün boyunca şehrin surları etrafında sürükledi. Kral Priam oğlunun cesedini geri alabilmek için yalvardı ve Akhilleus merhamet etti. Akhilleus daha sonra Tanrı Apollo'nun yönlendirmesiyle Hektor'un kardeşi Paris'in attığı ve topuğuna isabet eden bir ok tarafından öldürüldü.

Akhilleus, Patroklos'un yaralarını sararken.

Truva Atı

Truva Savaşı'nda Yunan güçleri Truvalıları bozguna uğrattı ama şehrin geçilmez duvarlarını aşamadı. İthaka kralı Odysseus deli taklidi yaparak Yunanlara katılmaktan kaçınmaya çalıştı ama sonunda karısı Penelope ve bebek yaştaki oğlu Telemakhos'u geride bırakarak gitmek zorunda kaldı. Kahramanın Yunanlar için önemi askerî gücünden ziyade kurnaz zekâsı ve hitabet kabiliyetiydi.

Truva'nın nasıl ele geçirilebileceğini anlatan kehanetleri ortaya çıkaran Odysseus'tu. Bunlardan biri Odysseus ve Diomedes'in Truva'ya girmesi ve şehrin koruyucusu olan Athena'nın kutsal kabartma heykeli Palladion'u tapınağından çalmalarını gerektiriyordu. Odysseus, Truva Atı taktiğini akıl etti; bu devasa tahta at sözüm ona uzaklara yelken açan Yunanlardan bir hediye olduğu söylenerek Truva'nın kapısına bırakıldı. Truvalılar onunla ne yapacaklarını tartışarak atı içeri sürükledi. Gece Odysseus ve atın içi boş gövdesine gizlenen diğer savaşçılar dışarı çıkıp şehrin sakinlerini katletti. Bu durum, "Hediye getiren Yunanlara güvenme," atasözünün ortaya çıkmasına neden oldu.

Truva Savaşı'ndan sahneler

Odysseia

Yunan kahramanlar Truva Savaşı'ndan sonra yuvalarına döndü. Odysseus için bu, tehlike ve macera dolu on yıllık bir yolculuğu tecrübe etmekti. Kahraman, Poseidon'un oğlu Kiklop Polyphemus'u kör ederek deniz tanrısının düşmanlığını kazandı. Bütün adamlarını domuza dönüştüren büyücü kadın Kirke ile bir yıl geçirdi. Ayrıca Kâhin Teiresias'a akıl danışmak için Hades'i ziyaret etti.

Odysseus eve varmadan önce şarkılarıyla denizcileri büyüleyerek ölümlerine sebep olan Sirenlerin şarkısına karşı koydu; ayrıca deniz canavarı Scylla ve girdap Charybdis'in arasından geçmek zorunda kaldı. Güneş tanrısı Helios'un sığırlarını çaldıkları için gemileri Zeus tarafından batırıldı, yalnızca Odysseus hayatta kaldı. Adasında mahsur kaldığı nemf, Kalipso'ya yedi yıl boyunca eşlik etti ama karısı Penelope'ye dönmeyi tercih ettiği için onun ölümsüzlük teklifini geri çevirdi. Sonunda İthaka'ya döndüğünde karısını talipleri tarafından dört bir yanı sarılı hâlde buldu. Bir dilenci kılığına giren ve yalnızca sadık köpeği tarafından tanınan Odysseus, meşhur yayını gerip hepsini öldürdü.

Sirenler tarafından
baştan çıkarılan Odysseus

Altın Post

İason ve Argonotların hikâyesi, meşhur bir hazinenin -uykusuz bir ejderha tarafından korunan büyülü Altın Post'un- peşinde klasik bir arayıştır. Postun sahibi Kolhis kralı Aietes'ti. Aietes, eğer ateş püskürten boğalarla bir tarla sürebilirse, ejderhanın dişleriyle toprağı ekebilirse ve yeryüzünden fırlayan silahlı adamları öldürebilirse, postu İolkos kralının oğlu İason'a vereceğine söz vermişti.

İason, Medea'nın yardımıyla başardı. Medea, Aietes'in kızıydı; Afrodit onu İason'a âşık etti. İason'u Ares'in kutsal ormanına götürdü, postu çalabilmesi için ejderhayı yatıştırıp uyuttu. Kahraman postu babasının tahtını alan ve görevden sağ çıkmayacağını uman Kral Pelias'a verdi. Medea, onları yeniden gençleştirebileceğini iddia ederek Pelias'ın kızlarını babalarını öldürmeye ikna etti. İason ve Medea daha sonra Korint'e kaçtı ve burada iki oğulları oldu. Medea, İason onu terk edince, ona azami acı vermek için yeni karısını ve iki oğullarını öldürdü.

İason postu Kral Pelias'a teslim ederken.

Kral Midas

Midas, Frigya kralıydı. Yaşlı bir ayyaşın Dionysos'un arkadaşı satir Silenus olduğunu anlayınca Midas onu krallara layık bir şekilde ağırladı, Dionysos da bunun karşılığında ona bir dilek hakkı verdi. Midas dokunduğu her şeyin altına dönmesini diledi. Ve öyle oldu—kızı dâhil. Çaresiz kalan Kral kısa süre sonra Dionysos'a hediyesini geri alması için yalvardı. Tanrı kendisine onun altın dokunuşunu yıkayacak ve nehrin kumlarını sonsuza kadar altına dönüştürecek Paktolos Nehri'nde yıkanmasını söyledi.

Midas daha sonra tanrılardan Apollo ile Pan arasındaki dağ tanrısı Tmolus'un değerlendirdiği müzik yarışmasına tanıklık etti. Tmolus ödülü Apollo'ya verdiğinde, Midas ödülü hak eden kişinin Pan olduğunu söyleyerek itiraz etti. Apollo, Midas'ı eşek kulaklarıyla lanetledi. Kral utanç duyduğu kulaklarını örttü ama gizlilik yemini etse de bildiklerini paylaşmadan duramayan berberinden saklayamadı. Berber bir kuyu kazıp sırrı bu kuyuya fısıldadı. Orada bir sazlık yatağı büyüdü ve rüzgâr sazların arasından her estiğinde, "Kral Midas'ın eşek kulakları var," diye fısıldardı.

Antik Roma Mitleri

Roma mitolojisi, Antik Yunan mitleri içerir ancak tam olarak örtüşmekten uzaktır. Çünkü Roma mitolojisi Yunan dışında Etrüsk, Latin ve Suriye de dâhil olmak üzere diğer kültürlerden aldığı büyük ve küçük tanrılarla karmaşık bir kültler ve ritüeller ağını temsil eder.

Romalılar tanrısallığa karşı pratik bir tavır takınarak gerekli gördükçe hayatlarına tanrılar ekledi. Roma'daki Pantheon gibi bir tapınak "tüm tanrılara" adanmış olabileceği gibi, aynı şekilde başka bir mabet "bilinmeyen tanrıyı" onurlandırabilirdi. Jüpiter, Juno ve Minerva'dan oluşan Capitol Üçlüsü, Etrüsk kültüründen türeyen üçlü bir tanrısallığa tapınışın temsiliydi. Mısır uygulamalarıyla uyuşan bu sistemin Yunan mitolojisiyle bir ilgisi yoktur. Kuzey İtalya tanrıları çoğu zaman Yunan tanrılarıyla asimile edildi: Avcılık tanrıçası Diana, Yunan mitolojisindeki Artemis ile; ticaret ve para tanrısı Merkür de Yunanların haberci tanrısı Hermes'le birleşti. Bazı Roma tanrıları doğrudan Yunanistan'dan alındı. Örneğin Apollo'nun güneş ve müzik tanrısı olarak İtalyan bir muadili yoktur.

Romalıların av ve doğa tanrıçası Diana

Dido ve Aeneas

Roma'nın kurucu babası, Truva yağmasından hazinelerin birçoğunu alarak kaçan Truva prensi Aeneas'tı. Romalılara göre bu değerli eşyaların arasında bakire tanrıça Pallas Athena'nın heykeli olan Palladium da vardı.

Aeneas'ın, Roma tanrıçası Venüs'ün oğlu olduğu söylenir fakat Venüs'ün himayesi Tanrıça Juno'nun düşmanlığıyla dengelendi. Aeneas İtalya'da yeni bir Truva kurmak için filosuyla beraber yola çıkınca, Juno rüzgâr tanrısı Aeolus'tan gemileri Kartaca kıyılarında batırmasını istedi. Orada Venüs, Aeneas ve Kartaca kraliçesi Dido'nun birbirlerine âşık olmalarını sağladı. Şiddetli bir fırtına esnasında bir mağarada mahsur kalan çift aşklarını tamamına erdirdi ve Aeneas esas görevini unuttu. Ama tanrıların kralı Jüpiter, hatırlatması ve yola devam etmeye teşvik etmesi için haberci tanrı Merkür'ü yolladı. Aeneas'ın kendisini terk edeceğini anlayan Dido, ölü yakmak için kullanılan bir odun yığını inşa etti; Aeneas'ın gemileri Kartaca'dan yola çıktığı sırada Aeneas'ın kılıcını kendine saplayan Dido alevlerin içine atladı.

Aeneas ve Kumae Sibil'i

Aeneas, İtalya'ya adım attığında yeraltı dünyasının girişlerinden birini koruyan Kâhin Kumae Sibil'ine akıl danıştı. Babası Anchises'i yeniden görmek isteyen Aeneas yardım etmesi için Kâhin'e yalvardı. Sibil, Proserpina'ya (Yunanca Persephone) hediye etmek için yakınlardaki bir ormanda yetişen Altın Dal'ı koparmasını istedi. Altın Dal'ı gören Kayıkçı Kharon, Aeneas ve Sibil'i Styx Nehri'nin karşı kıyısına götürmeyi kabul etti. Sibil bekçi köpeği Kerberus'u uyuşturduktan sonra ölüler ülkesine girdiler.

Aeneas orada sevgilisi Dido'yu gördü ama tek kelime etmeden sırtını döndü. Babasını Lethe Nehri'nin kenarında buldu; yeniden doğacak ruhlar geçmiş yaşamlarını unutmak için bu nehrin suyunu içerdi. Aeneas üç defa babasına sarılmayı denedi ama kolları boş havaya kapandı. Anchises o anda Roma'nın kuruluşu ve gelecekteki Romalı kahramanlara dair kehanette bulundu. Aeneas ve Sibil, Manelerin (ölülerin ruhları) sahte düşler göndermek için kullandığı fildişi kapıdan geçerek yeraltı dünyasından çıktılar. Gerçek düşler ise boynuz kapıdan gönderiliyordu.

Kumae Sibil

Romulus ve Remus

Romulus ve Remus, savaş tanrısı Mars'ın tecavüz ettiği, Aeneas'ın soyundan gelen Vesta bakiresi Rhea Silvia'nın ikiz oğullarıydı. Doğumlarında Rhea Silvia'nın babasının Alba Longa'daki tahtına zorla el koyan annelerinin kötü kalpli amcası Amulius, Rhea Silvia'yı öldürdü ve ikizleri Tiber Nehri'ne attı. Nehir tanrısı bebekleri sağ salim kıyıya taşıdı ve onları yetiştiren çoban Faustulus'un bulmasına değin dişi bir kurt tarafından Lupercal Mağarası'nda emzirildiler.

İkizler büyüyünce karşılarına çıkan Mars, onlara hayat hikâyelerini anlattı. İkizler Amulius'u öldürerek dedelerini yeniden tahta çıkarttı. Daha sonra da Tiber'in üstünde yeni bir şehir kurmaya karar verdiler. Tanrıların kendisini kayırdığını iddia eden Romulus, şehrin sınırlarını belirlemek için saban sürerek yollar açtı. Remus onunla alay ederek saygısızca ikizinin sürdüğü toprağın üzerinden atlayınca Romulus tarafından öldürüldü. Şehir kurulduğunda Mars, savaş arabasına aldığı Romulus'u tanrı yapmak için götürdü. Lupercalia adıyla bilinen arınma festivali, Romulus'un ilk sürdüğü sınır çizgisinin çevresinde gerçekleşen ritüel hâlindeki bir yarıştı.

Egemen Tanrılar

Roma'nın egemen tanrıları Capitol Üçlüsü'ydü: Jüpiter, Juno ve Minerva. Bu üç tanrıya adanmış Capitolia adındaki tapınaklar Roma İmparatorluğu'nun dört bir yanına inşa edilmişti fakat bunların en önemlisi Roma'daki Capitol Tepesi'ndeydi.

Jüpiter tanrıların hâkimi, Juno da onun karısıydı. Capitolium'da Jupiter Optimus Maximus (En İyi ve En Büyük Jüpiter) ve Juno Regina (Kraliçe Juno) olarak tapınılan bu iki tanrıya niye bu kadar önem atfedildiğini anlamak hiç zor değildir. Peki, ya el sanatları, bilgelik ve savaş tanrıçası Minerva neden? Her ne kadar Yunan tanrıları Zeus, Hera ve Athena ile özdeşleştirilseler de Capitol Üçlüsü, merkez İtalya'nın yerli halkı olan Etrüsklerin egemen üçlüsünü yansıtır: Göklerin hâkimi Tinia, kozmos tanrıçası olan karısı Uni ve Tinia'nın kafasından doğan bilgelik ve savaş tanrıçası Menvra. Tinia'ya (Gök Gürleten) Romalılar tarafından Diospiter ya da Jüpiter adı verilmiştir ve bu egemen tanrıları ancak Yunanistan'ı fethettikten sonra Yunan panteonuna uydurmuşlardır.

Savaş Tanrısı Mars

Savaşın tanrısı Mars, bahar tanrıçası Flora'nın sihirli bir bitkiyle Juno'ya dokunmasından sonra doğdu. Mars başlarda bir Etrüsk tarım tanrısıydı ve bazen savaş tanrıçası Bellona ile özdeşleştirilen cesaret tanrıçası Nerio ile evliydi. Jüpiter, Mars ve Quirinus erken dönem Roma'nın en önemli tanrılarıdır. Quirinus bir Sabin savaş tanrısıydı ve Mars'ın sonradan tanrısallaştırılan oğlu Romulus ile özdeşleştirilirdi. Aslen "Mars Baba" olarak saygınlık toplayan Mars, zamanla Quirinus'un savaşçı özelliklerini aldı. Mars bir seferinde bakire tanrıça Minerva'yı baştan çıkarmasına yardım etmesi için yaşlı tanrıça Anna Perenna'ya yalvardı. Anna kabul eder gibi yaptı ve Minerva'nın yerine geçti. Mars, Minerva'nın duvağını kaldırdığı zaman oyuna geldiğini fark etti.

Mart ayında, Mars'ın sıçrayan rahipleri kışın şehre giren kötü ruhları defetmek ve bereketli bir hasat geçirebilmek için mızrak ve kalkanlarla dans ederlerdi. Bu festival aynı zamanda marttan ekime kadar süren yeni savaş mevsimini müjdelerdi.

Ocak Ateşi Tanrıçası Vesta

Ailenin ve ocağın bakire tanrıçası Vesta iffetini özenle korurdu. Bereket ve cinsellik tanrısı Priapus, bir gece uyuyan Vesta'ya denk gelip onu çok arzuladı. Erdemli tanrıça yakınlarda otlayan bir eşeğin anırması sayesinde kurtuldu.

Romalılar Vesta'ya evlerinde ibadet etti ancak Roma'nın merkezindeki Forum'da dairesel bir Vesta tapınağı da vardı. Vesta Bakireleri Roma'nın tek kadın ruhban sınıfıydı ve her tür ayin ve seremonide kilit rol oynarlardı. Aeneas'ın Truva'dan getirdiği söylenilen Vesta ateşine göz kulak olmak en önemli görevleriydi; ateş her yılbaşında törenlerle yenilenirdi. Vesta Bakireleri'nin iffeti Roma'nın hem sağlığı hem de güvenliği açısından elzemdi, kaybolması durumunda şehrin kendisine leke sürülürdü. Suç işleyen Vesta Bakiresi birkaç günlük az miktarda yiyecekle canlı canlı gömülür, böylece kanı dökülmezdi; ölümü yeraltı dünyasının tanrıları Manelerin isteği olarak algılanırdı.

STA VE

İyi Tanrıça Bona Dea

Roma tanrıları içerisinde en önemli ve saygıdeğer tanrılardan biri kadınların tanrıçası Bona Dea'ydı. Kır tanrısı Faunus'un kızı ya da karısı olan diğer bir Roma tanrıçası Fauna ile özdeşleştirilirdi. Hikâyelerin birinde Faunus'un kızına âşık olduğu fakat onu şarapla sarhoş etmesine rağmen kızının Faunus'u reddettiği anlatılır. Bunun üzerine Faunus kızını bir mersin dalıyla döver ve sonra bir yılana dönüştürerek onunla ilişkiye girer. Bu hikâyenin başka bir versiyonunda Fauna, Faunus'un karısıdır ve sarhoş olduğu gerekçesiyle kocası tarafından mersin dallarıyla dövülerek öldürülür. Her hâlükârda Fauna sonrasında Tanrıça Bona Dea'ya dönüşür.

Aile içi şiddetin kurbanı olan Bona Dea, kadınlar tarafından "dinleyen tanrıça olarak" görülür; bu yüzden adak taşları Bona Dea'nın kulaklarına ithaf edilirdi. Erkekler Bona Dea'nın hem kültünden hem de tapınağından tamamen dışlanırdı. Bona Dea Festivali en yetkili devlet adamının evinde düzenlenirdi. Karısı da Vesta Bakireleri'nin yardımlarıyla sadece kadınların katılabildiği seremoniye öncülük ederdi. Bona Dea'nın şerefine içilen şaraptan süt diye bahsedilirdi.

Ana Tanrıça Kibele

Tüm canlı varlıkların anası sayılan Anadolu'nun doğurganlık tanrıçası Kibele'ye olan tapınış, Frigya'daki Dindymos Dağı'nda bulunan mabedinden yayılarak önce Yunanistan'a, sonra da Roma'ya ulaştı. Romalılar ona Magna Mater, yani "Yüce Anne" derken Şair Virgil ve Ovidius ondan "tanrıların anası" diye bahseder. Attis adındaki Frigyalı bir genç sevgisinin saflığıyla Kibele'nin gönlünü çeldi. Kibele ondan mabedini korumasını ve bakir kalacağına söz vermesini istedi. Attis'in orman nemfi Sagaritis'i baştan çıkararak sözünden dönmesine öfkelenen Tanrıça, nemfin ağacını keserek onu öldürdü. Aklını kaçıran Attis cinsel organlarını kesti, bu eylem tanrıçaya hizmet edebilmek için kendilerini hadım eden Kibele rahipleri tarafından da tekrarlanırdı. MÖ 204'te, Antik Yunan Sibil kitaplarındaki bir kehanette de belirtildiği gibi, Tanrıça'yı temsil eden kutsal siyah bir taş Roma'ya götürüldü ve Palatino Tepesi'nde Kibele adına bir tapınak inşa edildi. Kibele kültü ve kendinden geçerek tapınma pratikleri tüm imparatorluğa yayıldı, İmparator Claudius yönetimi sırasında Kibele tapınışı Roma'nın resmî devlet dini oldu.

Boğa Avcısı Mitra

Mitra, ölümden sonra yeni bir hayat vadeden ve tamamı erkeklerden oluşan, özellikle Romalı askerlerin dâhil olduğu gizemli bir kültün odak noktasıydı. Mitra'ya, "Mithraeum" denen mağara benzeri yeraltı tapınaklarının kozmik hâkimi vasfıyla tapınılırdı. Üyelerinin gizlilik yemini ettiği gizemli bir din olduğu için altında yatan miti tam olarak bilmiyoruz. Kesin olan tek detay, muhtemelen Perseus takımyıldızının Taurus (Boğa) takımyıldızını "öldürmesini" ve yeni bir çağ başlatmasını simgeleyen Mitra'nın bir boğayı öldürmesidir. Mitra, Perseus ile özdeşleştirilmiştir ve tıpkı Medusa'yı öldüren Perseus gibi (bkz. sayfa 120), Mitra da tüm tasvirlerinde boğayı öldürürken bakışlarını kaçırır. Resimli oymalardaki tasvirlere bakıldığında yaratılışın şeytani güçlerin neden olduğu bir kuraklık tarafından tehdit edildiğine dair altta yatan başka bir mit olduğu düşünülür. Mitra adında yeni bir tanrı, kozmosun kontrolünü eline almak için bir kayadan çıkar ve bir ok atar. Vurduğu yerden fışkıran sular dünyanın susuzluğunu giderir. Ardından Ay'daki bütün nemi emen boğayı yakalayarak onu bir mağaranın içine sürükler ve kurban eder. Diğer hayvanlar boğanın kanını içer ve ağaçlar dallanır, yapraklanır ve meyve verir.

Kelt Mitleri

Demir Çağı Avrupa'sına ait Kelt mitleri hiçbir zaman yazıya dökülmedi ve yalnızca tanrıların adları ve nadiren bulunan görsel temsiller olarak günümüze geldi. Örneğin Gundestrup Kazanı boynuzlu Kelt tanrısı Cernunnos'u Hayvanların Tanrısı olarak tasvir eder. Az çok tutarlı bir Kelt mitolojisi diyebileceğimiz tek kayıtlar İrlanda'da bulunur, *Mabinogion* olarak bilinen Galler mitleri derlemesi çok daha karışıktır.

Kelt dünyasına ait birçok yazıtta karşımıza çıkan tanrılardan biri Sucellos'tur. Bir elinde dünyayı kış uykusundan uyandırmak için ilkbaharda yeryüzüne vurduğu düşünülen çekici; diğerindeyse beslenme, yeniden doğuş ve dirilişin sembolü olarak bir çanak ya da kazan vardır. Güneybatı İngiltere'deki Hwicceliler kendilerini "kutsal kap tanrıçasının" halkı olarak görüyordu; bahsi geçen kap yaşadıkları yerdeki vadilerle, Kutsal Kâse'ye benzer bir bereket kazanıyla ve Büyük Tanrıça'nın rahmi ile bir tutulurdu. Sihirli kazanlar Kelt mitolojisinde sürekli bulunan ve Kutsal Kâse'nin izinin sürüldüğü Kral Arthur efsanelerini etkilemiş bir temadır.

Danimarka'da bulunan Gundestrup Kazanı üstündeki Cernunnos tasviri

Dagda

Tuatha De Danaan diye bilinen üstün ırkın lideri Dagda, Keltlerin elinde çekiçle kazan olan, hava olayları ve hasat tanrısı Sucellos'un (İyi Vurucu) İrlanda'daki muadilidir. Dagda (İyi Tanrı) kocaman bir sopa taşırdı; bu sopanın bir ucu yaşayanları öldürürken diğer ucu ölüleri diriltirdi. Dagda'nın kazanı (Kutsal Kâse arketipi) bitmez tükenmez bir besin kaynağıydı.

Sucellos'un karısı (Dönemeçli Nehir) Nantosuelta'ydı. Dagda da bir nehre -Boyne Nehri'nin ruhu Boann'a- âşık oldu. Boann zaten Elcmar ya da Nechtan ile evliydi (bu iki ismin de kayıp kolu yüzünden krallık yetkisi alınan Tuatha De Danaan'ın eski kralı Gümüş Kollu Nuada'yı temsil ettiği düşünülür). Dagda bir ayak işi için Elcmar'ı uzaklara gönderdi, sonra da büyü yaparak güneşin dokuz ay boyunca sabit durmasını sağladı, böylece Boann aynı gün hamile kalıp aynı gün doğurdu. Bu çocuk talihsiz âşıklara yardım etmesiyle meşhur Angus mac Óc'tu.

Cuchulain

Ulster kahramanı Cuchulain, Deichtine'nin Ulster kralı abisi Conchobar'dan ya da güneş tanrısı Lugh'tan olan oğluydu. Cuchulain, Connaught kraliçesi Medb'in Conchobar'ın en değerli boğasını çalmasıyla başlayan, Connaught ve Ulster arasındaki büyük çatışma Cooley Sığır Baskını'nın kahramanıdır. Hatta Conchobar'ın savaşçıları gizemli bir zayıflıktan etkilendiği için Cuchulain bir dizi teke tek çarpışmada yalnız savaştı.

Cuchulain meşhur "somon sıçrayışını" gerçekleştirdiği ve korku salacak şekilde mızrak ve kılıç kullandığı savaşta çılgınca dövüştü. Bir ırmağın sığ geçidinde üvey erkek kardeşi Ferdiad'ı dört gün boyunca savaştıktan sonra öldüren Cuchulain, ardından kardeşinin cesedinin başında ağıt yaktı. Lugaid en sonunda mızrağını Cuchulain'ın karnına sapladı. Son darbeyi yediğini anlayan Cuchulain, sonuna kadar savaşabilmek için kemerini kullanarak kendini bir dikili taşa bağladı. Savaş tanrıçası Morrigan bir karga formunda omzuna konunca vakti doldu ve Lugaid, mızrağıyla onu öldürdü.

Cuchulain'ın ölümü

Kederlerin Deirdre'sı

İrlanda mitolojisinin en meşhur kişilerinden biri olan Deirdre, Kral Conchobar'ın baş öykücüsünün kızıydı. Cathbhadh adlı kâhin, doğumunda Deirdre'nın çok güzel bir kız olacağına ve Ulster halkını felakete sürükleyeceğine dair bir kehanette bulundu.

Kral Conchobar büyüdüğü zaman Deirdre ile evlenmek için ısrar etti. Deirdre ideal âşığının saçlarının kuzgun karası, yanaklarının kan kırmızısı ve cildinin kar beyazı olacağına dair bir sağgörüye sahipti. Bu kişi Conchobar'ın yeğeni Naoise'ydı. İkili Conchobar'dan gelen bir af teklifiyle İrlanda'ya dönene kadar mutlu yaşadıkları İskoçya'ya gitti. Fakat bu bir numaraydı ve Eóghan adlı bir savaşçı Conchobar'ın emriyle Naoise'yı öldürdü. Deirdre, Conchobar'a götürüldü ama Kral'a hiç mutluluk vermedi, ne güldü ne de başını kaldırdı. En nefret ettiği şey sorulduğunda, "Eóghan," dedi ve Conchobar karısını ona verdi; Deirdre ise Conchobar'ın at arabasından atlayarak kendini öldürdü. Conchobar'ın savaşçılarının çoğu onu terk ederek Cooley Sığır Baskını'nda karşısında yer aldı, böylece Cathbhadh'ın kehaneti gerçek oldu.

Bran'ın Yolculuğu

Bran'ın yolculuğu Kelt mitolojisindeki birçok gizemli yolculuktan biridir. Sihirli bir elma dalı tarafından aklı çelinen Bran, hastalık ve ölümün olmadığı öteki dünyayı aramak üzere yola çıktı. İki gün sonra Bran ve adamları, arabasıyla dalgaları yararak geçen deniz tanrısı Manannan'la karşılaştı. Manannan onlara okyanusun harikalarından ve üzerindeki sayısız büyülü adalarından bahsetti.

Bran'ın ulaştığı ilk ada kahkaha seslerinin gökyüzünü kapladığı Neşe Adası'ydı. Adamlarından biri kıyıya çıkmak için yalvardı, ayakları karaya değer değmez de gülmeye başladı; tekneye geri dönmeyecekti. Bran ardından Kadınlar Adası'na gitti; güzel ada sakinleri gemidekileri karaya davet etti ve orada bir yıl boyunca kusursuz bir mutluluk içinde yaşadılar. Bran'ın adamlarından biri olan Nechtan evini özlediği için diğerlerini İrlanda'ya dönmeye ikna etti. Kadınlar hiçbir koşulda İrlanda'ya ayak basmamaları için diğerlerini uyardı. Nechtan tekneden kıyıya atladığında bedeni toza döndü; meğer aylar değil, asırlardır evden uzaktalarmış. Böylece Bran sonsuza kadar denize açıldı.

İrlanda'nın Limavady
kasabasındaki Gortmore
görüş alanındaki deniz
tanrısı Manannan Heykeli

Finn Mac Cumhail

Fianna olarak bilinen savaşçı topluluğunun lideri olan Finn Mac Cumhail, hem el yazmalarındaki hem de sözlü gelenekteki binlerce hikâyenin kahramanıdır. Finn'in deniz tanrısı Manannan tarafından yapılan efsanevi turna derisi çantasında babasının mızrağı, miğferi ve kalkanı gibi birçok değerli eşya bulunurdu. Finn ayrıca çocukken Ozan Finnegas ile çalıştığı sırada edindiği sihirli bir bilgeliğe sahipti. Finnegas, Bilgi Somonu'nu yakalayıp pişirmesi için Finn'e verdi. Balığı pişirirken yaktığı parmağını ağzına götüren Finn doğaüstü bir bilgeliğe sahip oldu. Finn'in çok sayıdaki maceraları çoğunlukla doğaüstü yaban domuzu gibi öteki dünya yaratıklarıyla kapışmasıyla ilgilidir. Ayrıca rivayete göre İrlanda ve İskoçya arasındaki Devler Kaldırımı'nı İskoç bir dev olan Far Rua ile savaşmak için onun dizdiği söylenir. Yaşlılığında, güzel bir genç kız olan Gráinne için kıskançlıkla rakibi Diarmaid'in peşine düşünce kahramanlığı lekelendi. Finn, göz yumması sonucu sihirli bir yaban domuzu tarafından boynuzlanan Diarmaid'i iyileştirmeyi reddetti ve gözden düşerek adamları tarafından terk edildi.

Devler Kaldırımı'nı Finn Mac Cumhail'in yarattığı söylenir.

Oísin ve Gençlik Diyarı

Oísin, efsanevi kahraman Finn Mac Cumhail'in oğluydu. Annesi geyik formundayken Finn tarafından yakalandı ve üzerindeki büyü kaldırıldı ancak daha sonra yeniden geyiğe dönüştürüldü.

Oísin ebedî gençlik diyarı Tír na n'Óg'un kralının kızı Altın Saçlı Niamh'a âşık oldu. Oísin babasının adamları olan Fianna ile yaşadığı birçok maceradan sonra, beyaz atının üstündeki Niamh ile beraber batıya yöneldi. Tír na n'Óg'a vardıklarında üç yüzyıl boyunca birlikte oldular. Eski evini görmek isteyen Oísin İrlanda'yı ziyaret etmeye karar verdi. Niamh hiçbir koşulda atından inmemesi için onu uyardı. İrlanda'ya vardığında her şeyi harap bir hâlde buldu. Babası Finn çoktan ölüp gitmiş ve evi terk edilmişti.

Oísin, Wicklow Kontluğu'ndaki Glenasmole'da ağır bir taşı yük vagonuna yüklemeye çalışan birtakım adamların yanından geçti. Onlara yardım etmek için eğildiğinde beyaz atından düştü. Yere değdiği anda yaşlı, zayıf, kör bir adama dönüştü.

Oisin, Altın Saçlı Niamh ile beyaz atın üzerinde yola çıkarken.

Dyfed Prensi Pwyll

Pwyll'in hikâyesi Galler mitleri derlemesi olan *Mabinogion*'un Birinci Dalı'nda anlatılır. Dyfed prensi Pwyll ava çıktığı sırada tuhaf bir tazı sürüsünün bir geyiği kovalayıp yakaladığını gördü. Köpekleri uzaklaştıran Pwyll geyiği kendi sürüsüne verdi. Atlı bir adam belirip kendisini yeraltı dünyası Annwn'in kralı Arawn olarak tanıttı. Pwyll'e yaptığını telafi etmesi için kimliklerini, hatta bedenlerini bir yıllığına kendisiyle değiştirmek zorunda olduğunu söyledi. Arawn Dyfed'i yönetirken Pwyll Annwn'e hükmetti; Arawn'ın karısıyla beraber uyudu ama asla onunla birlikte olmadı. Bir yılın sonunda Pwyll, Arawn'ın rakibi Hafgan ile savaşıp onu öldürmek zorunda kaldı. Arawn tek bir hamleyle saldırması konusunda Pwyll'i uyardı; eğer bir hamle daha yaparsa Hafgan dirilirdi. Bu sebepten Pwyll "Annwn'in başkanı" unvanını aldı.

Pwyll ya bir peri ya da bir tanrıça olan sihirli varlık Rhiannon'la evlendi. Oğulları Pryderi bebekken kaybolunca Rhiannon bebek katili olmakla suçlandı ve yedi yıl boyunca ziyaretçileri sırtında taşıması için saraydaki bir binek taşının yanında oturtuldu.

Rhiannon ve Pryderi

Brân'ın Kellesi

Galler kahramanı Kutsanmış Brân aynı zamanda deniz tanrısı Llyr'in oğlu Bendigeidfran olarak da tanınıyordu. Brân bereket boynuzunun sahibi olan bir devdi ve güzel kız kardeşi Branwen, İrlanda kralı Matholwch'le evlendirildi.

Brân'ın farklı babadan olan erkek kardeşi Efnisien, Branwen'in evliliğini uygun görmedi ve Matholwch'in ahırdaki atlarının bacaklarını kesti. Bunun sonucunda Branwen küçük düştü, aşçı olarak çalışmaya zorlandı ve her gün kasap tarafından dövüldü. Branwen, Brân'a bir sığırcıkla mesaj göndermeyi başardı ve Brân bir orduyla İrlanda'ya geldi. İrlandalıların ölü askerleri dirilten sihirli bir kazanları olmasına rağmen Brân galip geldi.

En sonunda sadece yedi adamı kalan Brân ölümcül bir yara aldı. Britanya'yı işgalcilerden korumak için adamlarına kafasını kesmelerini ve onu Londra'daki Beyaz Kule'ye [Londra Kalesi] gömmelerini söyledi. Söylentiye göre Kral Arthur, Britanya'nın yalnızca kendi şövalyelerinin kahramanlığına itimat etmesi için Brân'ın kellesini kazıp çıkardı.

Branwen uysal sığırcıkta
teselli bulurken.

Blodeuwedd

Gwynedd kralı Math fab Mathonwy, savaşta olmadığı zamanlar ayaklarını bir bakirenin kucağında dinlendirmek zorundaydı. Yeğeni Gwydion kendi kız kardeşi Arianrhod'u önerdi. Math bekâretini ispatlaması için kızdan sihirli bir değneğin üzerinden geçmesini istedi ve Arianrhod adım atar atmaz iki çocuk doğurdu. Biri dalganın oğlu Dylan'dı, diğeri ise çığlıklarını duyana kadar Gwydion'un sarmalayıp göğsüne koyduğu şekilsiz bir topaktı. Bir erkek bebek bulmak için göğsünü açtı. Adı Lleu Llaw Gyffes'ti.

Arianrhod, Lleu'i asla bir insan karısı olamasın diye lanetledi. Her ikisi de büyülü güçleri olan Gwydion ve Math, Lleu'in karısı olması için meşe, katırtırnağı ve çayırmelikesi çiçeklerinden bir kadın yarattı ve ona "Blodeuwedd" adını verdiler. Fakat Blodeuwedd, Lleu'i Gronw Pebr adlı soylu bir adam ile aldattı ve neredeyse ölümsüz olan Lleu'i yok etmek için onunla birlik oldu. Gronw'un mızrağını sapladığı Lleu bir kartala dönüştü. Gwydion, Lleu'i bulup onu yeniden insana çevirerek sağlığına kavuşması için tedavi etti. Lleu daha sonra Gronw'u öldürdü ve Blodeuwedd'i bir baykuşa çevirdi.

Kartal formundaki Lleu

Taliesin

Büyücü Ceridwen'in dünyanın en güzel kızı olan Creiwy adında bir kızı, ayrıca Avagddu adında dünyanın en çirkin çocuğu olan bir oğlu vardı.

Avagddu çok çirkin olduğu için Ceridwen ona bir kazan dolusu ilham ve bilgelik kaynattı. Kazanı bir yıl boyunca karıştırması için başına Gwion adlı bir çocuğu koydu. Son gün, kazandan sıçrayan üç damla Gwion'un parmağını yaktı. Acıyı dindirmek için parmağını ağzına götüren Gwion bir anda geçmiş, şimdiki zaman ve geleceği görme yetisi kazandı. Gwion kaçınca Ceridwen peşine düştü. Gwion yaban tavşanına dönüştü, Ceridwen ise tazıya; Gwion balığa, Ceridwen ise su samuruna; Gwion kuşa, Ceridwen ise şahine. Gwion ekinlerin arasına daldı ve sarı bir buğday tanesi oldu; Ceridwen siyah bir tavuk oldu ve onu bir lokmada yuttu. Dokuz ay sonra öyle güzel bir oğlan doğurdu ki onu öldüremedi, bunun yerine bebeği deri bir çantada akıntıya bıraktı. Elphin adlı bir prens bebeği buldu ve ona Taliesin (Nurlu Yüz) adını verdi. Taliesin büyüdüğünde sihirli ilhamını kullanarak tüm Galler'deki en meşhur ozan oldu.

İlham kazanını kaynatan Ceridwen

Kral Arthur

Kral Arthur ilk kez erken dönem Galler şiirlerinde geçen efsanevi Britanya kralıdır. Ozan Taliesin'e atfedilen "Annwn'in Ganimeti"nde Arthur, "Annwn başkanının kazanını" bulmak için yeraltı dünyasındaki camdan bir kaleye sefer düzenler. Ortaçağ'da bu hikâye Kutsal Kâse arayışı olmuştur.

Kral Arthur ve Yuvarlak Masa Şövalyeleri'nin hikâyeleri on ikinci yüzyıldan itibaren Batı Avrupa'ya yayıldı. Kral Uther Pendragon'un gayrimeşru oğlu olan Arthur, Camelot'ta sarayını kurmadan önce bir kayaya saplanmış kılıcı çekerek kral olarak meşruiyetini kanıtladı. Arthur'un karısı Guinevere, Arthur'un yakın arkadaşı ve en iyi şövalyesi olan Sör Lancelot'la gizli bir birliktelik yaşadı ve Arthur bunun üzerine Lancelot'u sürdü. Arthur'un gayrimeşru oğlu Mordred bu karışıklığı fırsat bilerek tahtı ele geçirmeye çalıştı. Arthur, Camlann Muharebesi'nde düelloya girdiği Mordred'i öldürdü ama kendisi de ölümcül biçimde yaralandı. Ardından ölmek için ölümsüzlük elmalarının yetiştiği Avalon Adası'na gitti. Bazı efsaneler Arthur'un uyuduğunu ve Britanya'nın en zor zamanında şövalyeleriyle birlikte uyanacağını söyler.

GALAAD
GAWAIN
BORT
LANCELOT
PERSEVAL
LE ROY ARTUS
HELIAS
VNEL
TRIST
E·ROY·RYONS
LE·ROY·CARADOS
LE·ROY·YDIER
LE·ROY·BANDEMA

Kutsal Kâse

Kral Arthur'un Yuvarlak Masası'nda dünyanın en güçlü şövalyeleri bulunurdu. Fakat bir sandalye hep boş kalırdı: Siege Perilious, yani tehlike koltuğu. Büyücü Merlin bu sandalye dolduğunda Yuvarlak Masa günlerinin sona ereceği kehanetinde bulunmuştu.

Günlerden bir gün gizemli bir şövalye ortaya çıkıp bu koltuğa oturdu. Arkasında altın harflerle "Yüce Prens Galahad" yazısı belirdi. Galahad, Sör Lancelot'un kötürüm kral Pelles'in kızı Elaine'den olan oğluydu. O gece şövalyeler, çarmıha gerildiği sırada İsa'nın kanının içine dolduğu Kutsal Kâse'yi içeren bir vizyon gördü. Sör Galahad onu bulmak için bir sefer ilan etti. Şövalyeler dört bir yana dağıldı ama yalnızca üçü -Galahad, Perceval ve Bors- Kral Pelles'in kalesinde olan Kâse'yi buldu. Kral Pelles bütün bunların üzerine iyileşti ve çürümüş toprakları yeniden çiçek açtı. Şarap ayini sırasında yalnızca kalbi ve ruhu tamamen saf olan Galahad, Kâse'yi örtüsüz bir şekilde gördü. Kâse'nin ışığıyla kaplanan Galahad, Kâse'yle birlikte insanların dünyasından yok oldu.

Dante Gabriel Rosetti'nin 1874 tarihli tablosunda Kâse, Kutsal Ruh'un kumru şeklinde izlediği genç bir kız tarafından temsil edilir.

İskandinavya Mitleri

Doğrudan, vahşi ve komik İskandinav mitleri, Taş Devri'ndeki büyük ana tanrıçanın yerini İskandinav kaya oymalarında bir balta ya da çekiçle birlikte tasvir edilen güçlü erkek Gök Tanrı'ya bıraktığı Tunç Devri'nde Kuzey Avrupa'da gelişerek günümüze kadar gelen tek mitoloji anlatılarıdır. Bu tanrılardan biri de Slavların barış ve savaş yeminlerini üzerine ettikleri gök gürültüsü tanrısı Perun'du. Cermen halklarının birinci yüzyıldaki baş tanrıları olan Woden (ya da Wotan) ile Thunor (ya da Donar), aynı zamanda Odin ve Thor adıyla Vikinglerin kendileri için eşya, hayvan ve insan kurban ettikleri baş tanrılarıydı. Nors tanrıçaları kendilerinden önce gelen Danimarka kökenli bereket tanrıçası Nerthus'un birçok niteliğinden türedi. Karelya'da (bugünkü Rusya ve Finlandiya topraklarında bulunan bir bölge) sözlü olarak çok farklı, şiirsel ve imalı bir mitoloji aktarıldı; on dokuzuncu yüzyılda *Kalevala* adı altında etkileyici bir şekilde Fince kaleme alınmıştır. Yaşlı hâlde doğan ve dünyayı şarkı söyleyerek yaratan Väinämöinen, ormanlar hâkimi Tapio ve Kuzey'in acımasız kraliçesi Louhi gibi olağanüstü karakterleri vardır.

Snorri Sturluson'un şiir ve İskandinav mitolojisi derlemesi olup yaklaşık 1220 tarihli *Prose Edda* kitabının iç kapak resmi

İskandinavya'da Yaratılış

Vikingler başlangıçta iki âlem olduğuna inanıyordu: Yaratıcı ihtimaller uçurumu Ginnungagap ile birbirinden ayrılmış, biri buzdan, diğeri ateşten iki âlem. Buzlar âlemi Niflheim'daki zehir ırmakları uçurumun içine akıp donarken, ateşler âlemi Muspell'den kızgın kıvılcımlar ve yakıcı rüzgârlar yayılırdı.

Kuzeyden esen soğuk rüzgârlar güneyden esen sıcak rüzgârlarla bir araya gelince, zehirli buza hermafrodit bir varlık olan Ymir'in şeklini verdiler. Uyuduğu zaman terleyen Ymir'in sol koltuk altındaki terden biri erkek diğeri kadın iki yaratık oluştu. Bunlar tanrıların düşmanı olan ilk buz devleriydi. Ymir'i yine buzdan yaratılan sihirli inek Audhum'la besledi. İnek, tuzlu zehir kırağılarını yalayarak hayatta kaldı. Yaladığı yerden güzel ve güçlü bir erkek formu ortaya çıktı. Bu, ilk tanrılar olan Odin, Vili ve Ve'nin dedesi Buri'ydi. Bu tanrılar Ymir'i öldürdü ve bedeninden toprağı, kemiklerinden taşları, kanından denizleri, beyninden bulutları ve kafatasından gökyüzünü oluşturarak kozmosu yarattılar.

Odin, Vili ve Ve ilk varlık olan Ymir'i öldürürken.

Aesir ve Vanir Arasındaki Savaş

İki tanrı ırkı vardı. Biri başında Odin'in olduğu Aesirler, diğeri ise deniz tanrısı Njord'un başta olduğu Vanirlerdi. Baş Vanir Njord'du ve dünyayı verimli hâle getiren çocukları bereket tanrıları Freyr ve Freyja'ydı.

Savaş, Vanirlerin Aesirler tarafından Asgard'da inşa edilen altın çatılı sarayları kıskanması yüzünden çıktı. Vanirler Aesirlerden tatlı dille altın koparabilmek için Gullveig adlı (muhtemelen kılık değiştirmiş Freyja) büyücü bir kadın gönderdiler. Rencide olan Aesirler, Gullveig'ı üç defa ateşte yaktı. Bir cadının güçlerine sahip olan büyücü her defasında dirildi. Gullveig eli boş dönünce Vanirler büyülerle Asgard'a saldırıp duvarlarını yerle bir ettiler. Savaş karşılıklı olarak o kadar yıkıcı bir hâl aldı ki iki taraf da ateşkes ilan etti ve rehineleri takas ettiler. Njord, Freyr ve Freyja Aesirlerle yaşamaya giderken yarım akıllı Honir ve Bilge Mimir ise Vanirlerle yaşamaya gitti. Ahmak yeni liderleri Honir'den hoşnutsuz olan Vanirler, Mimir'in kafasını kesip kelleyi Odin'e gönderdiler. Mimir'in bilgeliğini elde etmek isteyen Odin kelleyi kutsayarak muhafaza etti.

Alevlerin üzerinde havaya kaldırılan Gullveig

Yggdrasil

Viking kozmosunun merkezinde gökyüzünü taşıyan ve Dünya'yı ayakta tutan dev bir dişbudak ağacı olan Dünya Ağacı Yggdrasil vardı. Bu ağaç üç köke sahipti; biri devlerin yurdu Jotunheim'da, biri Aesir tanrılarının yurdu Asgard'da ve diğeri de ölüler diyarı Hel'in bulunduğu buzlar âlemi Niflheim'daydı. Bu köklerin altında birer pınar vardı: Mimir'in bilgelik kuyusu Jotunheim'da, Urd'un kader kuyusu Asgard'da ve yaratılış sırasında uçurumu dolduran zehrin kaynağı Hvergelmir Niflheim'daydı.

Urd'un kuyusu üç Norn tarafından korunurdu: Kader, Varlık ve Gereklilik. Bu üçlü, insanların hayatlarına doğumdan ölüme kadar şekil verirdi. Ayrıca hayatta kalması için ağacı her gün sulardı, bu suyun damlaları dünyaya ferahlatıcı çiy olarak yağardı. Yggdrasil'in bu tür muhafızlara ihtiyacı vardı, çünkü sürekli saldırı altındaydı. Şeytani bir ejderha olan Nidhogg diğer iblislerle birlikte ağacın köklerini kemirirdi. Dev bir kartal olan Hraesvelg ağacın tepesinde oturur ve rüzgâr oluşturmak için kanat çırpardı. Sincap Ratatoskr ikisi arasında koşuşturarak hakaret dolu mesajlar taşırdı.

Odin ve Runik Yazı

Tüm İskandinav tanrıların babası olan Odin'in birçok adı ve kılığı vardı. Savaşların ve savaşta ya da kurban edilerek ölenlerin tanrısıydı (Boğularak ölenler deniz tanrıçası Ran'a giderken hastalıktan ya da yaşlılıktan ölenler Hel adlı yeraltı dünyasının yine Hel adındaki tanrıçasına giderdi).

Odin aynı zamanda şiir, ilham ve sihir tanrısıydı. Bilgelik kuyusundan bir kereye mahsus ağız dolusu içmek için gözünün birini takas ettiğinden tek gözlüydü. Odin'in en meşhur bilgelik arayışı kendisini Yggdrasil'de kurban ettiği zamandır. Rüzgârların savurduğu ağaçta Gungnir adlı mızrağı bir yanından saplı hâlde dokuz ay asılı kaldı. Bu çilenin sonunda Odin haykırdı ve dallara gizlenmiş büyülü Runik harflerini yakaladı. Bu Runik harfler yazı yazmak için olduğu gibi büyü yapmak ve geleceği görmek için de kullanılıyordu. Bir harfi üç kere kazımanın sihirli bir enerjisi vardı. Runik yazıyı bilmesi Odin'e şifa, alevleri ya da fırtınaları yatıştırma, cesetleri yeniden canlandırma ve istediği tüm kadınları baştan çıkarma gibi birçok güç kazandırdı.

İskandinav Tanrıçaları

Çoğu İskandinav miti, erkek tanrıların, Aesirlerin serüvenlerinden bahseder. Fakat Tanrıça Asynjurlar'a eşit derecede önem verilmiştir. İzlandalı şair Snorri Sturluson şöyle yazar: "Asynjurlar ne daha az kutsal ne de daha az güçlüdür."

Asynjurlar'ın en büyüğü olan Frigg, Odin'in her şeyin kaderini bilen fakat bu konuda sessizliğini koruyan karısıydı. Frigg aşk tanrıçası olarak tanımlansa da mitlerde böyle bir rol üstlenmez. Aesirlere Vanirlerden katılan Tanrıça Freyja, aşk ve doğurganlıkla daha ilgili olmanın yanı sıra birçok devin arzu nesnesiydi. Deniz tanrısı Njord ve onun kız kardeşinin kızı olan Freyja aslen erkek kardeşi Freyr ile evli gibi dursa da, sonradan adı Od olarak değiştirilen kocası onu o kadar uzun süre yalnız bıraktı ki Freyja altın gözyaşları döktü. Freyja kedilerin çektiği bir araçta yolculuk ederdi ve çok değerli iki eşyası vardı: Şahin pelerini ve altın kolyesi Brisingamen. Tanrıça İdun tanrıların sonsuza dek genç kalmasını sağlayan altın elmaların koruyucusuydu.

Tanrıça Freyja kedilerin
çektiği arabasını sürüyor.

Gök Gürleten Thor

Süper güçlü İskandinav gök gürültüsü tanrısı Thor hakkındaki mitler "Herkesin Babası Odin"den daha fazladır. Thor'un silahı gök gürültüsü ve şimşek çıkaran ve her zaman Thor'un eline dönen kudretli çekici Mjollnir'di. Vikingler evlenirken çekiçler üzerine yemin eder ve birçok Viking özellikle deniz seferlerinde Thor'un koruması altına girebilmek için boyunlarına ufak çekiç tılsımlar takardı.

Thor'un babası Odin'di ama Frigg annesi değildi; onun yerine yeryüzünün oğlu olduğu söylenirdi. Thor devlerin ülkesine, çoğu zaman kurnazlık tanrısı Loki eşliğinde birçok hücum yaptı. Mitlerin birinde Thrym adlı devin Thor'un çekicini çaldığı ve çekici ancak Tanrıça Freyja'nın karısı olması koşuluyla geri vermeyi kabul ettiği anlatılır. Şartları yerine getiremeyince Loki, Thor'a bir gelinlik giydirdi ve ikili Jotunheim'a doğru yola çıktı. Thrym yeni karısını görünce çok sevindi. Evliliklerini kutsamak için çekici sahte Freyja'nın kucağına koydu. Elinin altına gelen çekicini savuran Thor, Thrym'i öldürdü.

Üçkâğıtçı Loki

Üçkâğıtçı Loki tanrılar arasında bir uyumsuzluktu. Ne Aesir ne de Vanir'e ait olan Loki bir buz deviydi. Aesir'deki ayrıcalıklı mevkisinin nedeni Odin'in üvey kardeşi olmasıydı. Loki'nin yerinde duramayan kurnaz yaradılışı tanrıları sık sık derde sokar ya da dertten kurtarırdı. Davranışları kötülükten değil, haylazlıktan kaynaklansa da en sonunda tanrılara düşman oldu. Dev Angrboda'dan olan üç çocuğu tanrıların baş düşmanıydı: Dev kurt Fenrir, Midgard yılanı Jormungand ve yeraltı dünyasının hâkimi Hel.

Loki, Thor'un karısı Sif'in sarı saçlarını kestikten sonra yeni bir saç elde etmek için cücelerin yanına gitti. Yapamayacaklarına dair kafasının üzerine bahse giren Loki, cücelerden ikisine Sif'in altın sarısı saçları, Odin'in mızrağı Gungnir ve Thor'un çekici gibi harikalar yaratmakta yarışmaları için meydan okudu. Tanrılar ortaya çıkan çekicin en iyisi olduğu hükmüne vardı ama cüceler bedelini istediğinde Loki karşı koydu. Boynuna zarar vermeden Loki'nin kafasını çıkartamayan cüce, kendisini aldattığı için onun dudaklarını deri bir sırımla birbirine dikti.

Balder'in Ölümü

Odin ve Frigg'in oğlu Balder "Güzel" olarak adlandırılıyordu ve tüm tanrıların sevgilisiydi; belki de uyumsuz Loki'yi kötülüğe teşvik eden buydu. Balder gördüğü kasvetli rüyalarda öleceğini sezmeye başlayınca, Frigg dünyadaki her şeyden oğluna zarar vermeyeceklerine dair söz vermelerini istedi. Her şey -ateş, zehir, hastalık, her hayvan ve bitki- söz verdi. Balder artık güvendeydi.

Sıkılan tanrılar Balder'in etrafını çevreledikleri ve sırayla ona taş attıkları bir oyun icat etti. Yaşlı bir kadın kılığına giren Loki, Frigg'e dünyadaki her şeyin Balder'e zarar vermeyeceğine söz verip vermediğini sordu. Frigg de ince bir ökse otu dalının çok genç olduğu için söz vermediğini söyledi. Loki bu ökse otunu kopardı ve Balder'in kör erkek kardeşi Hoder'in eline koyarak atışını yönlendirdi. Ökse otunun çarptığı Balder öldü. Kardeşleri Hermod, Balder'i Asgard'a geri göndermesi için Hel'e yalvardı. Hel dünyadaki bütün her şeyin Balder için ağlaması koşuluyla bunu kabul etti. Her şey ağladı ancak dişi bir dev kılığına giren Loki ağlamayıp, "Bırakın Hel'de kalsın," dedi. Tanrılar intikam olarak Loki'yi dünyanın sonuna kadar bir kayaya bağladı.

Haudr hin blindi. leggr hr i Giegnu
Balldur hin Goda brodur sin med Mistil
teini Eptr til vijsan Loka laufeyar son
NL II Dæmi Sogu Eddu bokar

Ragnarok

Ragnarok, dünyanın sonunu gösteren, henüz yaşanmamış bir olaydı. Kurt Fenrir, Midgard yılanı Jormungand ve babaları Loki zincirlerinden kurtulacaktı. Ölü insanların tırnaklarından yapılan Naglfar gemisi Hel'den yola çıkacak ve dümende Loki duracaktı. Kurt güneşi yutacaktı. Surt ve oğulları yakıcı Muspell'den yola çıkacak ve gökkuşağı köprüsü Bifrost altlarında paramparça olacaktı. Tanrılar, Hel'in sürüleriyle, buz devleriyle, Surt ve oğullarıyla ölümüne bir savaşa giriştiğinde Dünya Ağacı Yggdrasil korkudan titreyecekti. Thor, Midgard yılanını öldürecek ama zehrine yenik düşecekti. Fenrir, Odin'i yutacaktı. Ardından Surt yeryüzüne ateşler saçacak ve dünyayı baştan aşağı yakacaktı. Bunun üzerine yeni bir güneş doğacak ve denizin içinden yeni bir kara parçası yükselecekti. Odin'in oğulları Vidar ve Vali savaştan sağ çıkıp önceden Asgard'ın olduğu yere yerleşecek ve ona Thor'un oğulları Modi ve Magni ile Hel'den çıkan Balder ve kör kardeşi Hoder eşlik edecekti. Dünya Ağacı bir adam ve bir kadını alevlerden koruyacak, Lif ve Lifthrasir adlı bu iki insan çiyle beslenerek yeni bir insan ırkı başlatacaktı.

Sigurd

Sigurd, Tanrı Odin'in desteğini alan bir İskandinav genciydi. Regin adlı bir demirci tarafından yetiştirildi. Regin'in kardeşi Ejderha Fafnir'e dönüşünce Sigurd, Regin'in yaptığı kılıcı kullanarak onu öldürdü. Ejderhanın kalbini yiyen ve kanında sırılsıklam olan Sigurd neredeyse yenilmez oldu. Ayrıca içinde lanetli bir yüzüğün de olduğu ejderhanın hazinesine el koydu.

İçtiği bir iksir yüzünden gerçek aşkı Valkür Brunhilda'nın kim olduğunu unutan Sigurd, Niflungs kralının kızı Gudrun'la evlendi. Gudrun'un kardeşi Gunnar, Brunhilda'yla evlenmek isteyince Sigurd, Gunnar'un kılığına girerek Brunhilda'nın gönlünü kazandı ve ona mukadder yüzüğü verdi. Brunhilda'nın yüzüğünü gören Gunnar gerçekleri yüzüne vurdu. Brunhilda, Sigurd'u Gunnar ve Högni kardeşlere öldürttü; ardından kendini Sigurd'un cenaze ateşinin içine attı. Gudrun, Brunhilda'nın kardeşi Atli'yle evlendi; Atli ise Gunnar ve Högni'yi öldürdü. Bunun üzerine Gudrun, Atli'den olan kendi çocuklarını öldürüp kafataslarından bardak yaptı ve Atli'ye kanlarını şarap, kalplerini de et olarak servis etti.

Ejderha avcısı Sigurd

Beowulf

Epik şiir *Beowulf*, Eski İngilizce dilinde yazılsa da Danimarka ve İsveç'te yaşanan olaylarla ilgilidir. Bataklık canavarı Grendel her gece Danimarka kralı Hrothgar'ın büyük toplantı salonuna dadanır ve adamlarını öldürürdü. Canavarın üstesinden geleceğine yemin edecek kadar cesur olan tek kişi İsveç'teki Geat kabilesindeki Beowulf'tu.

Bir sonraki saldırısında Beowulf canavarın kolunu koparttı, canavar çığlıklar atarak gecenin karanlığında kaybolup öldü. Ertesi gece, şölenler ve kutlamaların ardından toplantı salonu Grendel'in intikam almaya niyetli annesi tarafından kuşatıldı. Beowulf canavarı sulak inine kadar takip etti ve onu gölün dibinde bulduğu kılıçla öldürdü. Sular kanla fokurdadı ve herkes Beowulf'un öldüğünü düşündü ama o, suyun içinden elinde Grendel ve annesinin kafalarıyla çıktı. Beowulf yıllar içinde Geatlerin kralı oldu ama yaşlılığında hazine dolu antik höyüğünden bir şeyler çalınmasına öfkelendiği için ateş püsküren bir ejderhayla savaşırken öldü.

Sutton Hoo miğferi, Anglo-Sakson şiiri *Beowulf*'ta betimlenen miğferlere benzer ejderha motifleri ve yaban domuzu imgeleri barındırır.

Sampo

Fin ulusal destanı *Kalevala*, on dukuzuncu yüzyıl halk bilimcisi Elias Lönnrot'un sözlü aktarılan şiirleri bir araya getirmesinden oluşur. Şiir, dünyayı yaratan Hava'nın kızı ve İlmatar'ın oğlu olan ilk insan Väinämöinen etrafında gelişir. Büyülü güçlere sahip bir ozan olan Väinämöinen, can düşmanı olan büyücü kadın Louhi'ye Kuzey'de esir düştü. Özgürlüğünü geri almak ve Louhi'nin Kuzey'in Bakiresi lakaplı kızına sahip olabilmek için Büyücü'ye Sampo adında mısır, tuz ve para üreten büyülü bir değirmen yapma sözü verdi. Väinämöinen, gökyüzünü işleyen demirci İlmarinen'den bakire kız karşılığında değirmeni yapmasını istedi. Bakire kız demirciyle evlenmek istemedi ve evlenince de kısa süre içinde öldü. İlmarinen'in altından yeni bir eş yaratma teşebbüsü başarısız olunca Väinämöinen'le beraber Sampo'yu geri almak için plan yaptı. Maceracı bir aşk adamı olan Lemminkäinen ile birlikte Kuzey'e yelken açıp Sampo'yu çaldı. Fakat Louhi gemilerini batırmak için peşlerinden fırtınalar yolladı ve Sampo denizlerde kayboldu. Para ve mısır öğüten parçaları kırıldı ama günümüze kadar hâlâ tuz üretir, bu yüzden deniz suyu tuzludur.

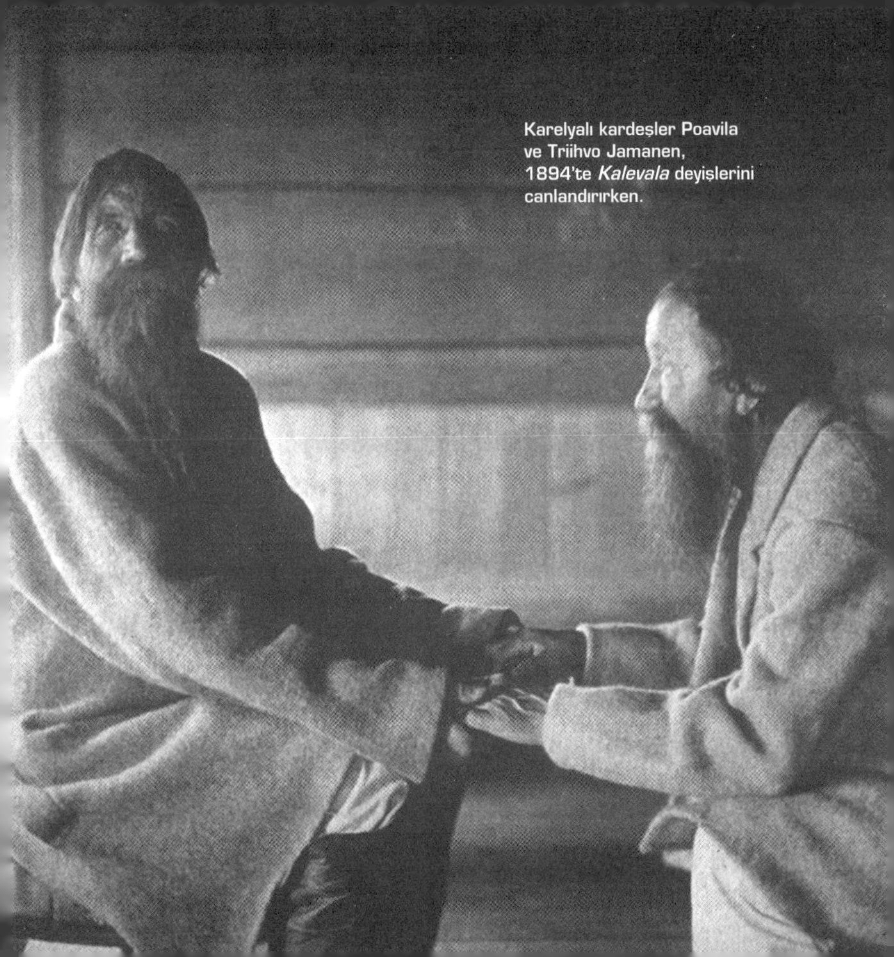

Karelyalı kardeşler Poavila ve Triihvo Jamanen, 1894'te *Kalevala* deyişlerini canlandırırken.

Kuzey Amerika Mitleri

Kuzey Amerika'nın yerli kabilelerine ait geniş kapsamlı mitolojileri bir araya getiren öğe; yeryüzü ve gökyüzüne, doğal yaşamın özünde olan kutsal güce ve insanlığın hayvanlarla olan ilişkisine duyulan ortak saygıdır. Mitlerin çoğu yaratılış döneminde geçer ve hem hayvan hem de insan olan İlk İnsanları anlatır. Dünya çoğu hikâyede biri yüce gönüllü, diğeri Kır Kurdu gibi kurnaz ve yaramaz ya da Senaka kabilesinin mitolojisinde olduğu gibi ikiz kardeşinin bütün iyiliklerini bozan Çakmak Taşı gibi kötücül çifte yaratıcılar tarafından meydana getirilmiştir.

1890'daki Hayalet Dansı hareketinin beyazlar tarafından yüzyıllardır çeşitli eziyetlere maruz bırakılan Amerikan Yerlilerine bir yenilik getirmesi bekleniyordu. Paiute peygamberi Wovoka'nın tarif ettiği gibi dans ederlerse bir kasırganın içinden çıkacak yeni dünyanın eski bitkin toprağı kaplayacağına ve beyazları doğuya sürükleyeceğine inanılıyordu; ölüler yeniden dirilecek ve yeni bir barış ve bolluk çağı gelecekti. Bu gibi fikirlerin kökenleri Amerikan Yerlilerinin mitolojilerine dayanmakta ve günümüzde hâlâ etkileri sürmektedir.

Balina ve Kuzgun imgeleri de içeren, Ay'ı (Tl'uk) temsil eden bir Nuhalk ayin maskesi

Yok, Boş ve Yaratılış

Kaliforniyalı Luiseño kabilesine göre başlangıçta hiçbir şey yoktu. Boş bir düzlemde iki bulut oluştu: Yok ve Boş. Bunlar erkek ve kız kardeşlerdi. Boş, birçok farklı şekle girdikten sonra, "Kendimi olabildiğince genişleteceğim. Titreyip depremler yaratacağım. Yuvarlanıp duracağım," diyerek yeryüzüne dönüştü. Yok, "Yükseleceğim ve her şeyin üzerinde bir kubbe gibi duracağım. İnsanların ölümüne sebep olacağım ve ruhlarını yukarıdaki dünyaya taşıyacağım," deyip gökyüzüne dönüştü. Dünyada bulunan her şey bu iki kardeşten doğdu.

Bu ilk ilahları Chingichnich izledi. İnsanlara kutsal törenlerde yol gösterdi, onlara nasıl yaşayacaklarını öğretti ve öldükten sonra kendisiyle beraber yıldızlarda yaşayacaklarının sözünü verdi. Günümüzde hâlâ *toloache* içme ayininde Chingichnich'e tapınılır. Erkekliğe adım atma törenlerinde genç çocuklar tarafından içilen *toloache*, hayatları boyunca çocukların kutsal kılavuzu ve yardımcısı olacak hayvanın ne olduğunu öğrendikleri sanrılara sebep olur.

Halüsinojenik *toloache* çiçeği günümüzde hâlâ Luiseño ayinlerinde kullanılır.

Kuzgun

Kuzeybatı kıyısındaki Çimmesyanlara göre ilk yaratıcı Gökyüzünde Yürür uyuyakaldı ve ağzından çıkan kıvılcımlar yıldızlara dönüştü. Başlangıçta yıldızların tek ışık kaynağı olduğu günlerde hayvan-insanlardan biri oğlunu kaybetti ve kendisine gökler âleminden Kuzgun adında yeni bir çocuk gönderildi.

Kuzgun başta yemek yemeyi reddetti fakat Her İki Uçtaki Ağız çocuğu kaval kemiğinden bir parçayla besledi ve Kuzgun bir anda öyle açgözlü oldu ki kabilenin tüm yiyeceğini yedi. Kabile şefi uçarken etrafa saçması için orman meyveleri ve balık yumurtaları verip aç kalmamasını sağlayarak Kuzgun'u uzaklaştırdı. Kuzgun gökler âlemine uçtu ve bir göletin içindeki yaprağa dönüştü. Gökyüzü şefinin kızı bu göletten su içince yaprağı yuttu ve Kuzgun'dan hamile kaldı. Yeni doğan bebek evdeki bir kutunun içinde asılı parıldayan ışıkla oynamak için ağlamaya başladı. Kutuyu alınca kuzgun pelerinini giyen bebek kutudaki güneşle birlikte dünyaya doğru uçtu. Kutuyu kırdığında gökyüzünü ışık kapladı.

Haidalara ait bir
Kuzgun oyması

Kaplumbağa Adası

Kuzeydoğulu Senekalar gökyüzünün merkezindeki büyük bir ağaçtan bahseder. Kadim Olan, ağacı köklerinden sökerek bir delik oluşturdu ve karısı Yaşlı Kadın'ı bu delikten aşağı itti. Bu dünya sularla kaplıydı. Ördekler kanat çırparak Yaşlı Kadın'ın düşüşünü hafifletti ve Dev Kaplumbağa derinliklerden çıkarak kadın için bir dinlenme yeri oluşturdu. Tüm su canlıları kadını rahat ettirmek için dalıp toprak çıkarmaya çalıştı ama su çok derindi. Misk sıçanı burnuna sürdüğü çamuru kaplumbağanın kabuğuna bıraktığında çamur yayılarak yeryüzünü oluşturdu. Yaşlı Kadın'ın bir kızı vardı ve bu kız anne karnında tartışıp duran ikiz oğullarına rüzgârdan hamile kalmıştı. Kardeşinden önce doğmayı kafasına koyan Çakmak Taşı annesinin koltuk altından fırladı. Anneleri ikinci çocuğu Gök Taşıyan'ı doğururken öldü ve mezarından hayat bahşeden üç kız kardeş doğdu—mısır, fasulye ve kabak. Gök Taşıyan ve Çakmak Taşı dünyayı yarattı ama Gök Taşıyan'ın yaptığı her iyiliğe karşılık Çakmak Taşı bir kötülük yaptı. Örneğin Gök Taşıyan kilden ilk insanları yaparken Çakmak Taşı onlara zarar vermek için hastalıkları çıkardı.

Dünya'nın Kalbi

Kaliforniyalı Achomawiler için başlangıçta toprak yoktu, sadece su ve karanlık vardı. Burada iki tanrı vardı: Dünya'nın Kalbi ve onun torunu Annikadel. Dünya'nın Kalbi dünyayı yaratmıştı ve onun merkezinde yaşardı. Annikadel ise gökyüzünde yaşardı. Alt kısımları mavi ve beyazdı; gökyüzünde dolanırken insanların ona dair gördüğü tek şey bir parıltıydı.

Annikadel tarafından tohum ve yapraklardan yaratılan İlk İnsanlar, insan ırkı oluşmadan önce binlerce yıl yaşadı. Hem hayvan hem de insan olan İlk İnsanlar, Annikadel'in yolladığı büyük tufandan sonra hayvanlara ya da doğal nesnelere dönüştü. Annikadel, bu İlk İnsanlar'dan olan İpek Böceği Adam'a okyanustaki köpükleri kullanarak yeryüzünü yaratması için ilham verdi. Diğer önemli İlk İnsanlar, Kır Kurdu Adam ve Örümcek Kadın'dı. Kır Kurdu Adam gökkuşağından yaptığı dört sırığı kullanarak kuzey, güney, batı ve doğuyu sabitledi. Örümcek Kadın, Güneş ve Ay'ı birbirinden ayırmak ve Kuzey Yıldızı ile Güney Yıldızı'nı sabitlemek için Annikadel'i örümcek ağı sepetinde yukarı taşıdı. Ardından Dünya'nın Kalbi Dünya'yı döndürmeye başladı.

Kır Kurdu'nun
çağdaş bir
yorumu

İlk İnsan Wogeler

Kaliforniya Yurokları ilk ırk olan Gerçek İnsanlar'ın *woge*, yani "her şeyi başlatan ilk insanlar" olduğuna inanır. Dünyanın coğrafyasını şekillendirdiler ve evlilik ve adalet kanunlarını belirlediler. Onlara iki kahraman yardım etti: Onlar için somon ve meşe palamudu çalan ve doğanın kanunlarını koyan Wohpekumeu ve gece ile gündüzü yaratan ve dünyayı güvenli bir yer hâline getirmek için ilkel canavarları avlayan Pulekukwerek. Wohpekumeu'nun yaratmak için cinsel gücü o kadar yüksekti ki bir kadını hamile bırakmak için ona bakması yeterliydi; Vatoz kadına sarıldığında kadın onu bırakmadı ve okyanus boyunca taşıdı. Pulekukwerek de herkesin durmadan dans ettiği bir diyara gitti.

Günümüzdeki insanlar bir köpek kadının soyundan geliyordu. Bu kadın insan çocuklar doğurmaya başlayınca köpek çocuklarını evden attı; köpekler artık insanları takip etse de insanlar köpeklerden gelmekteydi. İnsanların oluşmasıyla, çekingen *woge*ler köşelerine çekildi ya da hayvanlara, kuşlara, kayalara, sınır taşlarına ya da ruhlara dönüştüler. Günümüzde insanlar ayinlerde hâlâ dünyada olduklarına inandıkları *woge*leri çağırır.

Bir Yurok mezarlığı

Kunduz'un Ateşi Hediye Edişi

Plato yerlilerinden olan Nimipular, hayvanlar ve ağaçların tıpkı günümüzdeki insanlar gibi hareket edip konuştuğu insanlık öncesi bir zamandan bahseder. Hava ne kadar soğuk olursa olsun, çam ağaçları ateşin etrafında toplaşır ve onu paylaşmazlardı.

Bir kış o kadar soğuk geçti ki herkes dondu. Kunduz, çam ağaçlarının ateş etrafında kendilerini ısıttıkları Büyük Ronde Nehri'nde akıntıya karşı yüzdü. Ateşten yuvarlanarak nehre düşen kütüğü yakaladı ve tüm hızıyla yüzerek uzaklaştı. Peşlerine düşen çamlar onu yakalayamadı, çünkü Kunduz nehrin bir yakasından diğerine sıçrayıp durdu ve nehir bu yüzden kıvrımlı bir hâl aldı. Çamların çoğu yorgunluktan pes etti; günümüzde hâlâ nehrin kıyısında durmaya devam ederler.

Kunduz söğütleri, huşları ve diğer ağaçları ateşe verirken sona kalan sedir olanları izlemekten başka bir şey yapamadı. O günden beri bu ağaçların içinde yeniden canlandırılabilecek bir ateş olduğuna inanılır.

Kır Kurdu'nun Somonları Salıverişi

Wishram Platosu kabilesinin mitolojisine göre, Kolumbiya Nehri'ndeki Celilo Şelalesi'nde beş Kunduz kız kardeş yaşardı ve somonları hapsetmek için bir baraj inşa ettiler. Kır Kurdu balıkların herkese serbest olması gerektiğini düşünüyordu. Kendisini bir bebeğe dönüştürdü ve hasır bir sepetin içinde "Inga! Inga!" diye ağlayarak nehirde sürüklendi. Beş kız kardeş bebeği kurtardı ve yuvalarına getirdi.

Kardeşler her gün Kır Kurdu'nu inlerinde yalnız bırakarak kök kazmaya gidiyordu. Kır Kurdu kendisine tahtadan beş şapka ve beş kök kazıcı çubuk yaptı. Kardeşlerin dışarıda olduğu bir gün şapkalarını taktı ve kök kazıcı çubuklarla barajın altını oydu. Kız kardeşler döndüğünde onu bebek gibi agularken buldu fakat bebek her gün daha da büyüyordu. Beşinci gün baraj çatlamak üzere olduğu için Kır Kurdu yuvaya dönmedi. Baraja koşan Kunduzlar tahta sopalarla onun kafasına vurdu, her bir sopa tahta şapkaların birinde kırıldı. Kır Kurdu kazmaya devam etti ve beşinci şapkanın kırılmasıyla baraj da yıkıldı. Somonlar hızla akıntının tersine yüzdü, artık herkesin yiyebileceği kadar balık vardı.

Kolumbiya Nehri'ndeki
Celilo Şelalesi

Yollarımızı Tutanlar

Güneybatıdaki Zuni mitolojisinin ilk dönem anlatıları Awonawilona isimli hem kadın hem de erkek olan ve Toprak Ana ve Gök Baba tarafından dünyaya getirilen bir yaratıcıdan bahseder. Ancak Awonawilona tek bir varlıktan ziyade, güçlü ruhların bir karması olarak düşünülürse daha iyi anlaşılır. Zunilerin duaları ve ayinlerinde onurlandırılan bu ruhlar Yollarımızı Tutanlar olarak bilinir. Aralarında Güneş Baba ve Ay Işığı Bahşeden Anne de vardır.

Güneş Baba'nın biri doğu okyanusunda, diğeri ise batı okyanusunda olmak üzere iki evi vardı. Ay Işığı Bahşeden Anne onun karısıydı fakat sürekli ayrı düşerlerdi. Gün ışığı insanlarını kendisine adak sunmaları için yeraltı dünyasından çıkaran kişi Güneş Baba'ydı, karşılığında onlara gün ışığı gibi nimetler verirdi. Zunilere göre Yollarımızı Tutanlar "ham insanlar"mış, yani insan şeklinde "pişmiş" olan gün ışığı insanlarının aksine kendilerini istedikleri şekle sokabilirlermiş. Her insan kendi içinde hayatının süresini belirleyen görünmez bir yol taşırmış.

Kutsal törenlerde dansçılar tarafından canlandırılan ruhlardan birini temsil eden Zuni kachina bebeği

Wakonda

Ova Yerlilerinden Omaha kabilesinin inanışına göre *Wakonda* evreni ayakta tutan, bir tanrıdan ziyade gözle görünmeyen ve her yeri kuşatan bir yaşam gücü olan Büyük Gizem'in diğer adıydı. *Wakonda* görünmez ve kesintisizdi ve iki şekilde açığa çıkardı: İlki hareket sağlayarak, bütün zihin ve beden hareketleri ondan türerdi; ikincisi ise doğada, hayvanlarda ve insanlarda yapısal ve biçimsel süreklilik sağlayarak. *Wakonda*'nın irade gücüne benzer olduğu düşünülür. Bu gizemli güç sayesinde her

Kutsal Sırık

şey birbiriyle ve insanlarla ilintilenirdi: Görülen görünmeyenle, ölüler yaşayanlarla, bir şeyin parçası bütünüyle.

Wakonda insanlara ışıltılı, mucizevi ağaç gönderdi ve Muhterem Adam ya da Kutsal Sırık olarak bilinen kutsal kavak sırığı bu ağaçtan kesildi. Muhterem Adam'ın ortasında içinde tüyler olan dallardan yapılmış bir sepet ve başının üstünde saç yerine geçen bir kafa derisi vardı. Yüz yıl müzede sergilendikten sonra Omaha Halkı'na iade edilen Kutsal Sırık, Omahalı insanların ruhlarını barındırırdı.

Örümcek Kadın

Güneybatı Pueblo mitolojisinde, dünyayı düşüncelerinin ağından yaratan Düşünen Kadın'dı. Bir örümcek şeklini aldı ve Örümcek Kadın olarak can verme ve can alma gücüyle Güneybatı'da önemli bir figür oldu. Örümcek Kadın, Hopi mitolojisinde ilk insanları kilden bir erkek ve bir kadın şeklinde çiftler hâlinde yaratır.

Örümcek Kadın bir gün dalgın bir ânında sadece bir erkek yarattı. Sonra tek bir kadın yaratarak adamı bulması için peşinden gönderdi. İkili birbirlerini bulduklarında sürekli tartışıp sonunda ayrıldılar. Meğerse bütün karı kocalar arasındaki anlaşmazlıkların kaynağı buymuş.

Örümcek Kadın dokuma sanatını öğretti ve pamuktan Ay'ı ördü. Navaho kadınları kilim dokumak için Örümcek Kadın'ın bilgisini kullandıklarında, ruhlarının ağın içinde hapsolmadan geri dönebilmesi için en sondaki desende bir boşluk bırakırlarmış.

Kilim ören bir
Navaho kadını

Güneş'in Kızı

Güneydoğulu Çeroki büyükleri gökyüzünün en ucunda yaşayan Güneş'ten ve ortasında yaşayan kızından bahsederler. Her gün gökte yay çizen Güneş, kızının evinde öğle yemeği yemek için mola verirdi. Güneş o kadar güçlüydü ki kimse gözünü kısmadan ona bakamaz ama herkes yumuşak Ay'a gülümserdi.

Kıskanç Güneş tüm insanları öldürmeye karar verdi, o kadar ısındı ki birçoğunu yok etti. İnsanlar Güneş'i zehirlemek için yılana dönüştü fakat Çıngıraklı Yılan yanlışlıkla Güneş'in Kızı'nı ısırdı. Güneş, kızını ölü hâlde bulunca kendisini onun evine kapattı, dışarı çıkmadı. İnsanlar sıcaktan ölmekten kurtulmuştu fakat bu sefer tüm dünya karanlığa ve soğuğa gömüldü. İnsanlar, ruhunu bir kutuya hapsederek Güneş'in Kızı'nı Hayalet Ülkesi'nden almaya çalıştılar. Ancak eve yaklaşmışken kutuya bir çatlak açtılar ve kızın ruhu kırmızı bir kuş olup uçarak gitti. Güneş'e şarkılar söylediler ve nihayet güldürdüler; gülünce yüzünü gösteren Güneş sayesinde dünya yeniden ışıkla doldu.

Hiawatha

İyi niyetli yaratıcı Gök Taşıyan, gökyüzünde yaşamak için bu dünyayı terk etti ama bazıları "nehirleri yaratan adam" Hiawatha adında ölümlü bir insan olarak yeniden doğmayı tercih ettiğini söyler. O günlerde tüm milletler birbirleriyle savaş hâlindeydi. Mohawkların arasında Deganawida adında barışsever bir şef vardı. Savaşçılardan öldürmekten vazgeçmelerini rica edince alay konusu oldu. Deganawida bir gölün kenarında otururken, kanosunun içinde suya bir sepet indiren ve sepeti dolduran wampum kabuklarını ipe dizen bir adam gördü. Bu kişi Onondaga halkından Hiawatha'ydı. Deganawida ona ne yaptığını sordu ve Hiawatha wampum iplerinin hayatın kanunlarını temsil ettiğini ve halklar arasında var olması gereken barışın sembolü olduklarını söyledi. İkisi Mohawk, Oneida, Kayuga ve Senekaları tek tek gezdi ve hepsi barış yapmayı ve yeni kanunlar doğrultusunda yaşamayı kabul etti. Fakat Onondagalı Atotarho öfkeye kapıldı ve şeytani düşünceler kafatasından yılanlar gibi filizlendi. Deganawida onunla nazikçe konuştu, Hiawatha ise saçlarındaki yılanları taradı ve Atotarho İrokua Birliği'ndeki beş ulusa liderlik etmeyi kabul etti.

Wampum kabuğu kuşağından yola çıkılarak yapılan İrokua bayrağı

Bizon Kadın ve Mısır Kadın

Bizon Kadın, Ova mitolojisinde önemli bir kişiydi. Bizon Kadın ve Mısır Kadın insanları besleyen iki ana yemek kaynağıydı. Arikara kabilesinde Bizon Kadın'ın peşine düştüğü bizonları toplayarak dünyayı dolaştığı anlatılır. Kuzeydoğu, kuzeybatı, güneydoğu ve güneybatı köşelerinde birer direk bulunacak şekilde inşa edilmiş Ova buhar kulübesi dünyayı sembolize eder ve gök kubbeyi taşıyan dört tanrıyı temsil ederdi. Kulübenin girişi, yapının bir insan gibi nefes almasına olanak sağlamak için her zaman doğuya bakardı. Bizon Kadın'ın yolculukları kulübede gerçekleşirdi. Direkten direğe yürür ve her defasında tamamen yıpranan mokasenlerini değiştirirdi. "Artık tüm dünyayı gezdim," derdi.

Bizon ve mısır arasındaki bağ güçlüdür. Bir mit; avlanmaya giden genç bir adamın bir bizon gördüğünü; bizonun ilk gün doğuya, ertesi gün güneye, sonra batıya ve ardından kuzeye baktığını ama adamın ona gizlice yaklaşamadığını anlatır. Beşinci gün orada bizon değil, dünyadaki ilk mısır yığınının durduğu görülür.

Arikara kızı

Gece Yolu Ayini

Gece Yolu şarkılar, dualar ve ayinlerden oluşan ve detaylı kum resimlerinin yaratıldığı ve yok edildiği, "şan yolu" olarak da bilinen özenle hazırlanmış Navajo törenlerinden biridir. Navajoların bu şifa ayinlerine verdikleri isim "tanrıların gelip gittiği yer" anlamına gelir. Her şan yolunun kendi mitleri vardır ve Gece Yolu iki farklı mitolojiden oluşur: Birinin adı "Öngörülü", diğeri ise "Acılı İkizler"dir.

İlki, Kutsal İnsanlar'dan Gece Yolu'nu öğrenen Bitahatini adında öngörülü bir adamın hikâyesini anlatır. İkincisi ise Konuşan Tanrı ve insan kızının ikiz oğullarının öyküsüdür. Biri kör diğeri topal bu ikizler, toplumdan sürülerek başıboş dolaşmaya mahkûm edilir. Konuşan Tanrı onları Gece Yolu ayinini tedavi olarak kullanan Kutsal İnsanlara götürür. İyileştiklerini fark eden ikizler sessiz olmalarının tembih edilmesine rağmen sevinçten naralar atar ve bir anda her şey kaybolur. Bundan böyle ancak para karşılığında iyileştirilebileceklerdir. Ağlamaya başlayan ikizlerin hıçkırıkları o kadar hüzünlü bir şarkıya dönüşür ki Kutsal İnsanlar acıyıp onlara Gece Yolu'nun sırlarını ve ayinlerini öğretir.

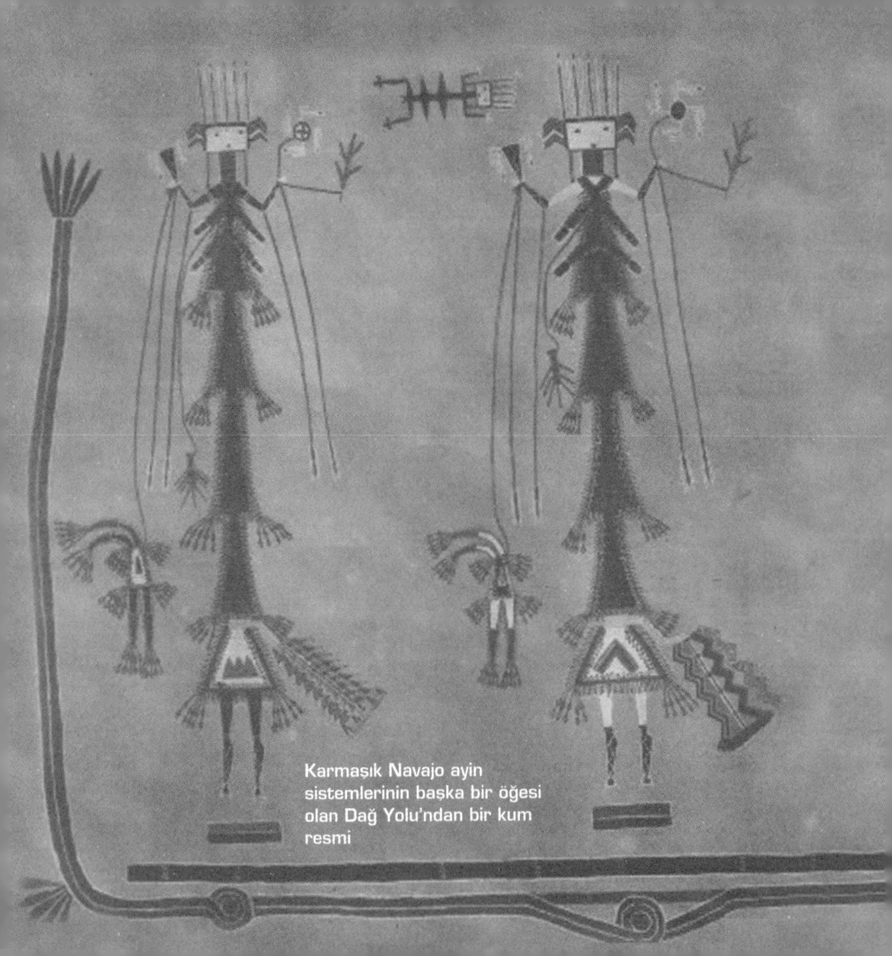

Karmaşık Navajo ayin sistemlerinin başka bir öğesi olan Dağ Yolu'ndan bir kum resmi

Dünyanın Sonu

Ova Kızılderililerinden Pavnilerin inancına göre, ilk insan ırkı büyük bir tufanda yok oldu. Yaratıcı Tirawa kendi sesinden bir erkek ve bir kadın yarattı. Onlara anneleri olarak yeryüzünü verdi ve keresteden kulübe yapmayı ve hiçbir zaman aç kalmamaları adına toprağın altındaki bizonları çağırmaları için Kadın Dansı'nı öğretti.

Tirawa, sel sularını zapt etsin diye kuzeybatıya büyük bir erkek bizon koydu. Bu bizon her yıl bir kılını dökerdi ve tüm kılları dökülünce şimdiki ırkın sonu gelecekti. Ancak Tirawa başka bir tufan yollamayacaktı. Onun yerine yıldızlar bir araya gelecek ve her şeyin yok olacağı günü seçeceklerdi.

Her şeyi sona erdirecek komutu Kuzey Yıldızı verecek ve Güney Yıldızı bu emirleri yerine getirecekti. Pavni halkı zamanı geldiğinde yıldızlara dönüşerek Güney Yıldızı'na uçacaktı.

Kereste kulübenin yanındaki Pavniler

Sedna

Ay Adam kara hayvanlarının efendisi, çoğunlukla Sedna diye de bilinen Deniz Kadın ise deniz hayvanlarının efendisiydi. Sedna aslen insandı ama bir versiyona göre bir köpekle ya da bir deniz kuşuyla evlendiği için, başka bir versiyona göreyse istenmeyen öksüz bir kız olduğu için işkence gördü.

Kanadalı Netsiliklerin anlattığına göre, Sedna (Sürekli Çiftleşen Nuliajuk diye bilinir) ağzına kadar dolu bir kanodan suya itildi. Tutunmaya çalışınca parmakları kesildi, kesilen parmaklar ilk foklara dönüştü. Sedna denizin dibindeki evinde yaşamaya başladı. Ne zaman biri bir tabu yıksa Sedna'nın haberi olur ve deniz hayvanlarını lambasının altındaki kâseye hapsederdi, bu yüzden insanlar aç kalırdı. Bu durumda bir şaman, Sedna'nın vahşi bir köpek tarafından korunan deniz tabanındaki evine doğru korku dolu bir yolculuğa çıkar ve Sedna'nın saçlarını örerdi. İnsanlığın tüm günahları denizin dibine süzülür ve Sedna'nın saçında birikirdi; kesik parmaklarıyla saçını kendisi tarayamazdı.

Deniz hayvanları tanrıçası Sedna'yı temsil eden bir heykel

Sevinç Armağanı

Colville Nehri Eskimolarının mitlerine göre bir zamanlar insanlar neşe diye bir şey bilmezdi. Yaptıkları tek şey çalışmak, yemek yemek ve uyumaktı. Bu her gün böyleydi. Üç oğlu olup deniz kıyısında yaşayan bir adam ve bir kadın vardı. Oğulları her gün avlanmaya gider ve yakaladıklarını eve getirirlerdi. Önce en büyük çocuk, sonra da ortanca olan bir gün eve dönmedi. Aile en küçük çocuk Teriak'a muhtaç oldu. Bir gün Teriak gizlice bir ren geyiğinin peşinden giderken yanına bir kartal kondu ve bu kartal, üzerinde kartal tüylerinden bir pelerin olan genç bir adama dönüştü. Kartal, Teriak'a yaşamın sırrının ne olduğunu sordu; o da "Çalışmak, yemek yemek ve uyumak," diye cevapladı. Kartal bu aptalca cevabı verdikleri için iki abisini de öldürdüğünü söyleyip, "Yaşamın sırrı sevinçtir," dedi. Teriak'a şarkı yapmayı ve kelimeleri ezgiye uydurmayı, davul çalmayı ve dans etmeyi öğretti. Kartalın uçarak evine geri götürdüğü Teriak, sevinci armağan ettikleri için kartallara teşekkür edebilmek adına anne babasıyla birlikte tüm hayvan-insanların katıldığı ilk şarkı festivalini düzenledi.

Meksika ve Orta Amerika Mitleri

Meksika ve Orta Amerika mitolojileri Aztek ve Maya uygarlıkları tarafından şekillendirilmiştir. Günümüzde hâlâ Sierra Nuhatli gibi Nahuatl dili konuşanların ve Zinacantecler ya da Chamulalılar gibi Tzotzil dili konuşanların mitlerinde varlığını sürdürür. Antik Zapotek ya da Mikstek uygarlıklarına ait mitler günümüz Oaxaca halkında yaşar. Aztekler de kendilerinden önce gelen Tolteklerin mitlerini ve tanrılarını sahiplenmişlerdir; Aztek ve Maya uygarlıkları Guatemala ve Meksika'daki ilk büyük medeniyet olan Olmeklerden gelmişlerdir.

İnsan kurban etmek, top oynanan ayinler, tüylü yılan ve Mezoamerikan Uzun Sayım Takvimi gibi ortak öğelerin kökeni Olmeklere dayanır. Aztek mitolojisine dair bilgimiz İspanya öncesi katlanan kâğıtlara yazılmış el yazmaları ve Bernardino de Sahagún gibi on altıncı yüzyılda yaşamış rahipler tarafından yazıya dökülmüş metinlere dayanır. Maya uygarlığına ait en önemli kaynaklar kahraman ikizler Xbalanque ve Hunahpu'nun hikâyesinin anlatıldığı Popol Vuh ve çeşitli Chilam Balam Kitapları'dır.

Chichen Itza'daki Maya piramidi

Azteklerde Yaratılış

Aztekler dünyayı yaratılan, yok edilen ve yeniden yaratılan bir dizi güneş döngüsü içinde hayal etti. Tanrılar bu "güneşler" süresince değişmeden durdu. Yaratma ve yok etme görevlerinin büyük bir kısmı iki kardeşe kaldı: Quetzalcoatl ve Tezcatlipoca. Bu iki tanrı bazen müttefik bazen de düşmanlardı. Günümüzdeki dünyaya ait (beşinci güneşin dünyası) yeryüzü ve gökyüzünü, dişi toprak canavarı Tlaltecuhtli'yi öldürerek yarattılar.

Quetzalcoatl ve Tezcatlipoca, Tlaltecuhtli'nin gözünü et bürümüş bir hâlde denizi bir adımla geçtiğini gördüler. Ağzı sivri çakmak taşlarıyla doluydu ve dirsekleriyle dizlerinde de ağızları vardı. Kardeşler kendilerini yılana çevirdi. Biri Tlaltecuhtli'nin sol elini ve sağ ayağını, diğeri ise sağ elini ve sol ayağını tuttu. Ardından tanrılar Tlaltecuhtli'yi ikiye ayırdı; bir yarısını gökyüzüne fırlatıp diğer yarısıyla da yeryüzünü yarattılar. Canavarın kıllarından ağaçlar ve çiçekler oluştu, gözlerinden kuyular ve pınarlar, ağzından ırmaklar ve burnundan ağaçlar. Tlaltecuhtli'nin insanların kalbini yemek istediği için çıkardığı sesler geceleri hâlâ duyulabilir.

Tlaltecuhtli

Tüylü Yılan Quetzalcoatl

Quetzalcoatl çoğu zaman insan olarak tasvir edilse de yarı çıngıraklı yılan yarı quetzal kuşuydu. Ehecatl adıyla rüzgâr tanrısı olarak bilinirdi ve hayat veren yağmur tanrılarının yol süpürgesi olarak betimlenirdi. Güneş onun üflediği nefes sayesinde hareket ederdi.

Quetzalcoatl ve Tezcatlipoca beşinci güneşin dünyasını yeniden yarattıktan sonra, Quetzalcoatl bir önceki ırkın kemiklerini toplamak için yeraltı dünyası Mictlan'a indi. İskelet hâlindeki ölüler tanrısı Mictlantecuhtli'den kemikleri istedi. Mictlantecuhtli isteğini kabul etti ancak bir şartı vardı: Quetzalcoatl ölüler âleminde deniz kabuğu borusunu öttürerek dört tur atmalıydı. Mictlantecuhtli'nin verdiği deniz kabuğunda hiçbir delik olmadığını gören Quetzalcoatl, delik açmaları için kurtçukları ve kabuğun içine girerek sesi artırmaları için arıları çağırdı. Quetzalcoatl kemiklerle birlikte dönerken Mictlantecuhtli'nin açtığı derin bir çukura düştü. Kemikler bir bıldırcın tarafından gagalandı ve kırıldı; insanlar bu yüzden farklı boyutlardaydı. Quetzalcoatl kemikleri topladı ve Tanrıça Cihuacoatl onları un hâline getirdi. Ardından tanrılar unun üzerine kanlarını akıttı ve bu karışımdan yeni bir insan ırkı meydana geldi.

Tüten Ayna Tezcatlipoca

Tezcatlipoca hükümdarların, büyücülerin ve savaşçıların tanrısıydı. Azteklerin beş dünyaya ya da güneşe dair anlatılarında Tezcatlipoca ve kardeşi Quetzalcoatl arasında sürekli bir rekabet vardır. Azteklerin mitolojik tarihinde, Quetzalcoatl Aztek şehri Tollan'ın kralı olarak, Tezcatlipoca ise onun hain büyücü kardeşi olarak betimlenir.

Quetzalcoatl, Aztek takvimini bulması ve insanlığa birçok sanat ve bilim dalını öğretmesiyle tanınır. Kardeşiyle insan kurban etme konusunda ters düşen Quetzalcoatl ibadethaneye kapandı ve kendini feda ederek tanrılar için kanını döktü. Yüzünün bakılacak hâli kalmadı, eriyip bittikçe gözleri pörtledi. Entrikacı Tezcatlipoca ne kadar kötü gözüktüğünü görmesi için bir ayna yolladı. Ardından Quetzalcoatl'ı sarhoş edip kız kardeşi Quetzalpetlatl ile birlikte olması için kandırdı. Quetzalcoatl utancından yılanlardan oluşan bir sala binerek uzaklara yelken açtı. Hernàn Cortès 1519'da kıyıya ayak bastığında Aztekler onu geri dönen Quetzalcoatl sanacaktı.

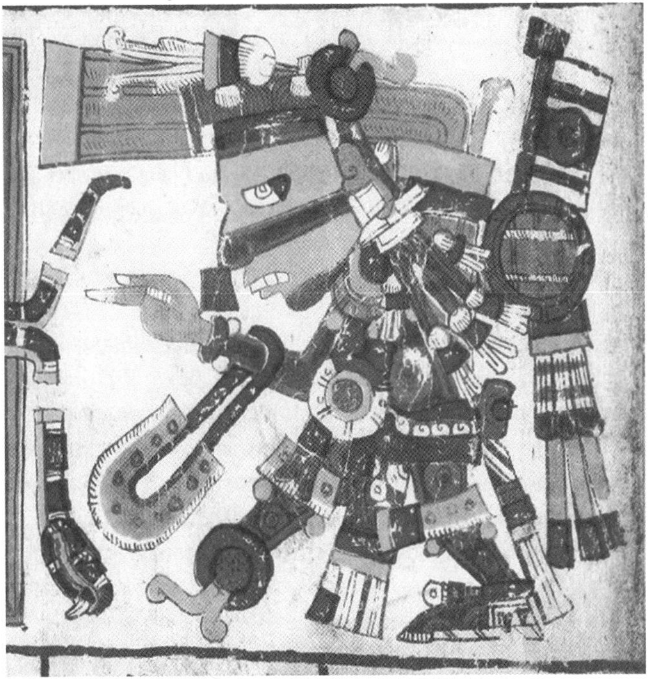

Beşinci Güneşin Yaratılışı

Yeni yeryüzü ve gökyüzünün toprak canavarı Tlaltecuhtli'nin cesedinden yaratılmasından sonra, tanrılar dünyayı aydınlatacak yeni güneşin kimin olacağına karar vermek için zamanın başladığı Teotihuacan'da toplandı. Tecuciztecatl adlı kibirli bir tanrı gönüllü oldu, diğer tanrılar mütevazı ve hasta tanrı Nanahuatzin'i seçti. Bu tanrıların kendilerini kurban ateşine atmadan önce oruç tutup kefaret ödeyecekleri Güneş ve Ay Piramitleri olarak bilinen iki tepe yaratıldı. Tecuciztecatl en iyi adakları adadı, Nanahuatzin'inkiler ise daha yalındı: Kendi kanını sürdüğü agave dikenlerini ve tütsü olarak kendi yaralarının kabuklarını sundu. Dört günün sonunda tanrılar ikiliye yanan odunların arasına girmelerini söyledi. Tecuciztecatl koştu ama alevler onu geri püskürttü. Nanahuatzin alevlerin ortasına atlayıp kül oldu, Tecuciztecatl onu takip etti. Tanrılar gökyüzüne baktıklarında Nanahuatzin'in görkemli bir şekilde güneş olarak belirdiğini gördü. Tecuciztecatl ise neredeyse eşit derecede parlayan ay oldu. Tanrılar sönükleşmesi için ayın yüzüne bir tavşan attı.

Beşinci güneşin ortada olduğu bir Aztek taş takvimi

Azteklerin Tanrılara Verdiği Kurbanlar

Aztekler, insanlığı kendi kanlarından yaratan ve beşinci güneşi harekete geçirmek için kalplerini adayan tanrılara kan borçları olduğunu hissettiler. Kendilerini feda etme göstergesi olarak genellikle dil, kulak memesi ya da penislerinden kan akıtırlardı. Aztekler ayrıca düzenli olarak, hâlâ atan hâldeki insan kalplerini güneş tanrısı Huitzilopochtli'ye sunardı. "Çiçek savaşı" dedikleri ve mümkün olduğu kadar düşmanı canlı ele geçirdikleri bir savaş yöntemi uyguladılar. Aztekler obsidiyen bıçaklar kullanarak düşmanlarının kalplerini söker ve onları kartal kâsesi dedikleri kaplarla tanrılara adak olarak sunarlardı. Ardından kurbanların derileri yüzülür, başları kesilir ve kafatasları bir rafta sergilenirdi.

Ayin yılında birçok kurban verilirdi. Her iki yüz altmış günde bir, yeraltı dünyası tanrısı Mictlantecuhtli'yi temsil eden bir adam Tlaxiacco Tapınağı'nda kurban edilir; kanı hamurla karıştırılarak tanrılarla iletişim kurması için ayini yöneten kişi tarafından yenirdi. Tüm kurban ayinleri bu derece vahşi değildi: Tanrılar tütsü ve tütün dumanını, yiyecek ve değerli eşyaları da kayda değer bulurdu.

Mayalarda Yaratılış

Başlangıçta deniz ve gökyüzü dışında hiçbir şey yoktu. Tüylü yılan Gucumatz denizde kıvrılmış bir hâlde, Gökyüzünün Kalbi ise havada asılı duruyordu. Bu ikisi ne yaratacakları konusunda tartışmaya başladı; onlar konuştukça ağızlarından çıkan kelimeler suların içinden dağları ve toprağı çıkardı ve üzerlerini ağaçlar, hayvanlar ve kuşlarla donattı.

Yaratıcılar hayvanlardan kendilerine tapmalarını isteyince hayvanlar sadece viyaklayıp uludu. Tanrılar kilden insan yaratarak yeni bir deneme yaptı ama bu çok zayıf kaldı ve gözlerinin önünde ufalanarak yok oldu. Akıl danıştıkları kâhinler Xpiyacoc ve Xmucane, ilk insanın tahtadan yapılması gerektiğini söyledi. Böylece erkekleri tahtadan, kadınları sazlardan oluşturdukları yeni bir ırk yarattılar ancak bu insanlar da ruhları olmadığı için tanrılara tapmayı reddettiler. Gucumatz ve Gökyüzünün Kalbi onları bir tufanda boğdu. O sıralar güneş olmadığı için metal gözleri ve dişlerinin yerinde değerli taşlar olan Vucub Caquix adlı dev bir papağan kendisini sahte güneş ilan etti, gerçek güneşin doğması için Kahraman İkizler tarafından ağız tüfekleriyle vurularak öldürüldü (bkz. sayfa 264).

Tüylü yılan
Gucumatz'ın büstü

Mısır Tanrısı Hun Hunahpu

Mayalardan Hun Hunahpu (Bir Ağız Tüfekçisi); Kahraman İkizler Xbalanque ve Hunahpu'nun ve aynı zamanda yazı, sanat ve hesap tanrıları olan ikiz maymunlar Hun Batz ve Hun Chuen'in babasıydı. Hun Hunahpu düz, uzun bir alnı ve kel kafasında mısır başağını andıran bir tutam saçıyla güzel bir adam olarak tasvir edilen mısır tanrısıydı.

Hasat zamanı mısırı biçme hareketi Hun Hunahpu'nun yeraltı dünyasının ölüm tanrıları tarafından kafasının kesilmesine benzerdi (bkz. sayfa 264). İlk mısır tilki, kır kurdu, papağan ve karga tarafından yaratıcılar Gucumatz ve Gökyüzünün Kalbi için toplandı ve Hun Hunahpu'nun annesi Xmucane tarafından öğütülerek yemeğe dönüştürüldü. Bu yemekten ilk dört adam yaratıldı. Epey zeki olan bu adamlar dünyanın her tarafını görebiliyordu. Yaratıcılarına tapmalarına rağmen Gökyüzünün Kalbi onları fazla mükemmel buldu ve bu yüzden sadece yakındaki yerleri görebilmeleri ve yalnızca birtakım şeyleri anlayabilmeleri için görüşlerini bulanıklaştırdı. Ardından onlara eş olsun diye dört kadın yaratıldı.

Yaratılışta dans eden
Mısır tanrısı rolündeki kral
18 Tavşan'ı tasvir eden
Maya steli

Kahraman İkizler

Maya ikizleri Hun Hunahpu ve Vucub Hunahpu'nun gürültülü top oyunları ölüm tanrılarını kızdırdı. İkizleri gizlice Xibalba'ya çeken ölüm tanrıları onları öldürdü ve Hun Hunahpu'nun kellesini bir ağacın içine koydu. Kafadan akan tükürük, bakire Xquic'i hamile bıraktı ve o da Kahraman İkizler Hunahpu ve Xbalanque'yi doğurdu.

Ölüm tanrıları Kahraman İkizler'e meydan okuyarak onları bir top oyunu ayinine davet etti. İkizler kazandı ancak Mızraklar Evi'ne hapsedildiler. Oradan kaçtılar ama bu sefer de Soğuk, Jaguarlar, Ateş ve Yarasalar Evleri'nde hapsoldular. Ölümsüz olmakla övünen İkizler kendilerini kurban etti ve kemikleri öğütülüp una dönüşünce yeniden canlandılar. Gördüklerinden çok etkilenen ölüm tanrıları aynısının kendilerine de yapılmasını emretti. Kahraman İkizler ölüm tanrılarını öldürdü ama diriltmediler. Daha sonra gökyüzüne yükselen İkizler, güneş ve aya dönüştü. Kutsal top oyunu Orta Amerika ve İspanya öncesi Meksika'nın her yerinde oynanırdı; tanrıların ateşi bahşetmeleri karşılığında talep ettikleri insan kurban etme eylemiyle bağdaştırılırdı.

Zinacantánlı Yeryüzü Tanrısı Yajval Balamil

Tzotzilce konuşan Zinacantec halkı Mayaların günümüzdeki akrabalarıdır. Mayalardan kalan kültürel miraslarının üstünde ince bir Katoliklik cilası vardır. Zinacantán'ın dört bir yanındaki mağaralar ve su kuyularının kenarlarındaki haçlar, toprak üzerinde herhangi bir işlem yapmadan önce yatıştırılması gereken güçlü bir tanrı ve yeryüzünün sahibi olan Yajval Balamil ile iletişim kanalları olarak görülür.

Eğer biri Yajval Balamil'in mağaralarından birine girerse, o kişi para ya da besi hayvanlarıyla ödüllendirilir veya Yajval Balamil'in katır sürüsünün bakımını üstlenmeye zorlanırdı. Adamın birine bir çift demir sandalet verildi ve sandaletler yıpranana kadar yeryüzü tanrısı için çalışması söylendi. Adam sandaletler yıpranana kadar toprağın altında katırcılık yaptı, ardından evine döndü. Karısı başta ona inanmadı ama sonra Yajval Balamil'den alacağı ödemesi sekiz katırın sırtında kapılarına geldi. *Kalvariolar*, yani Zinacantán'daki haç türbeleri atalardan kalma tanrıların buluşma noktalarıydı. En önemli mahsul sayılan mısır bitkisi "tanrıların güneş ışınları" olarak bilinir ve tıpkı insanlar gibi içlerinde ruhları olduğuna inanılırdı.

Mağaralarda bulunan ve kasten kırılmış Mayalara ait çömlekler Yajval Balamil'e adanan adaklar olabilir.

Güney Amerika Mitleri

İnka mitolojisi, güneş tanrısı İnti'yi yücelten ve İnka imparatorlarını onun vârisi ilan eden devlet mitolojisi ve Hatunruna (halk) mitleri olmak üzere ikiye ayrılır. Hatunruna mitleri daha yerel ve halkın ilgi alanlarına özgüydü; günümüzdeki Keçuva ve Aymara toplulukları onların soyundan gelir. Hatunrunalar atalarının mumyalanmış cesetlerine tapar ve onlardan miras kalan tabiatın *huaca*'ların (kutsal mekânlar) ruhlarıyla canlı kaldığına inanırdı. Belirli bir bölgeye bağlı bir sülale olan *ayllu* etrafında gelişen bu inanç hem günümüze hem de tarih öncesindeki And uygarlığına kadar uzanır. İnka iktidarını destekleyen resmîleştirilmiş mitoloji Güney Amerika'daki yerel kabilelere özgü mitolojilere benzemez. Kuzeydeki Orinoco Deltası'ndan en güneydeki Tierra del Fuego'ya kadar tüm kıta boyunca kendi zengin mitolojileri olan Güney Amerika yerlilerine ait çok sayıda medeniyet vardır. Miras kalan bu mitlerin büyük bir kısmı yaratılış dönemindeki hayvan-insanlarla ilgilidir.

Machu Picchu'daki
İnka kalıntıları

İnka Güneş Tanrısı İnti

Cusco'daki Güneş Tapınağı'nda güneş tanrısı İnti'nin, etrafında sarı ışınlar olan bir insan suratı olarak tasvir edildiği altından bir resmi vardı. İnti tapınışı, tüm Andlardan ziyade İnkalara ait bir külttü ve doğrudan güneş tanrısının soyundan gelen İnka imparatorları, yönetim haklarının kendilerine tanrıdan intikal ettiğine inanırdı.

İmparator, güneşin oğluydu; İnkalarsa güneşin çocukları ve altın güneşin döktüğü terdi. İlk İnka imparatoru Manco Capac, Titikaka Gölü'ndeki Güneş Adası'nda ortaya çıktı ve kendisini güneşin gerçek oğlu ilan etti. Manco Capac, rivayete göre şafak vakti bir dağın tepesinde iki altın levhanın arasında durup güneşi taklit ederek Cuzco Vadisi'ndeki insanları kandırdı.

İnkalar, güneş ve yıldızların birbirleriyle savaş hâlinde olduğuna inanır ve Machu Picchu'daki Güneşin Bağlama Kazığı'nda düzenledikleri ayinlerle onları birbirlerine bağlamaya çalışırlardı. Yaratıcı tanrı Viracocha'ya "Dünya devrilmesin," diye yalvarırlardı.

İnkaların Yaratıcısı Viracocha

Viracocha, Titikaka Gölü'ndeki ilkel karanlığın içinden çıkan, yeryüzünün ve zamanın yaratıcısıdır. Önce devlerden oluşan bir ırk yaratmıştı ama devler tarafından kızdırılınca onları boğup taşa çevirdi. Viracocha bunun üzerine gölün ortasındaki Güneş Adası'ndan güneşi, ayı ve yıldızları çağırdı.

Viracocha gölün kenarında hâlâ şekil verilebilir hâlde duran taşlardan ilk adam ve kadınları yarattı; üzerlerine giysiler çizdi ve her bir topluluğa bir dil, şarkılar ve ekmeleri için tohumlar verdi. Bu sırada bir erkek bir dişi olacak şekilde tüm hayvanları yarattı ve her bir kuşa kendine özgü bir ötüş bahşetti. Ardından insanları yeraltına gönderdi, her grup yaşayacakları yerdeki mağaralardan dışarı çıkacaktı. Kendi oğulları olduğu söylenen iki insanı yanında tuttu: Viracocha ve Tocapo Viracocha. Viracocha ve oğulları yeryüzünü gezerek insanları yeraltından çıkmaya çağırıp onlara nasıl yaşanacağını öğrettiler. Ekvador'un kıyılarına ulaştıklarında, dalgaların üzerinde batıya doğru yürümeye devam ettiler.

Andların Yaratıcısı Coniraya Viracocha

Halkın alt tabakası olan Hatunrunalara ait mitlerin temeli, hükümran İnkalarınkinden epey farklıdır. Hatunrunalar tabiatın *huaca*'lar, yani kutsal yerlerle dolu olduğuna ve kişilik sahibi olabileceğine inanırdı. Hatunrunalar köyleri, tarlaları ve sulama kanallarını yaratmış üçkâğıtçı tanrı Coniraya Viracocha'yla ilgili masallar anlatırlardı.

Coniraya Viracocha, yoksul bir Kızılderili kılığında dünyayı gezdi. Bakire *huaca* Cavillaca'yı baştan çıkarmaya çalıştı ama Cavillaca onu reddetti. Coniraya da menisini bir meyvenin içine akıttı ve meyveyi yiyen Cavillaca hamile kaldı. Bundan bir yıl sonra, Cavillaca bütün erkek tanrıları yanına çağırdı. Tüm tanrılar şık bir şekilde gelirken Coniraya her zamanki paçavralarıyla geldi. Bebeği Coniraya'nın kucağına tırmanınca Cavillaca dehşete düşüp kaçtı. Coniraya peşine düştü. Yolda tüm hayvanlarla karşılaşan Coniraya onları adlandırdı ve ne kadar yardımcı olduklarına bakarak hayvanlara iyi ve kötü özellikler verdi. Coniraya, Cavillaca ve oğlunu denizde taşa dönüşmüş bir hâlde buldu. Sahil tanrısı Pachacamac'ın tapınağının kalıntılarının yakınlarında hâlâ öylece dururlar.

Meşhur Nazca çizgileri And hayvanları ve mitolojik sembolleri tasvir eder.

Pachacamac

Pachacamac, hac yeri Lima'nın hemen güneyinde, Peru'nun merkezî sahilinde olan yaratıcı tanrıydı. Bir efsane kendisinden "güneşin oğlu" diye bahseder. Pachacamac zamanın başlangıcında ilk erkek ve kadını yarattı fakat onlara yiyecek vermeyince adam kısa süre içinde öldü. Kadın yardım etmesi için güneşe yalvardı ve güneş, ışınlarıyla onu hamile bıraktı. Yalnızca dört gün sonra kadın bir oğlan doğurdu. Bu duruma içerleyen Pachacamac, çocuğu parçalayarak öldürdü ve cesedini toprağa ekti.

Çocuğun dişlerinden mısır, kaburgalarından ve kemiklerinden avize ağacı ve etinden her çeşit meyve ile sebze yetişti. Güneş, çocuğun penisini ve göbek deliğini aldı ve onları yeni bir çocuk yaratmak için kullandı; Vichama adını verdiği çocuk seyahate çıktı. Pachacamac yarattığı kadını öldürdü ve onu akbabalara yem etti. Daha sonra toprağa yerleşecek yeni bir insan çifti yarattı. Döndüğünde Vichama annesini diriltti ve Pachacamac tarafından yaratılan insanları önce taşa sonra da *huaca*'lara, yani kutsal mekânlara dönüştürdü. Daha sonra da güneşten yeni bir insan ırkı yaratmasını istedi.

Bu *huaca* gibi kutsal yerler Pachacama'nın ikinci insan ırkının kalıntılarıdır.

Dauarani: Ormanın Annesi

Warao "kayık insanları" anlamına gelir ve Warao yerlileri neredeyse tamamen *cachicamo*'larında (ağaçtan yapılan kanolar) yaşarlar. Warao kayıkçıları rüyalarında göreve çağrılır ve ilk kanodan doğan Dauarani için çalışmaya başlardı. Dauarani'nin ışıltılı bir kutuya benzeyen evine ulaşmak için kayık yapıcıların, ellerinde kayık yapımının sırrını tutarak gökkuşağı yılanının içinden geçmeleri gerekirdi. Her bir kayığın yapımı kayıkçının iç huzurunu aradığı mistik bir yolculuğa dönüşür ve o ilk rüyada gördüğü anları yeniden canlandırırdı. Her bir kayık Dauarani'nin sevgiyle işlenmiş bir imgesidir.

Haburi, ağaç kütüğünden kano yapan ilk kişiydi. Haburi bebekken babası Roaster'ı öldüren şeytani ruh, Roaster'ın iki karısı ve Haburi'yi Kurbağa Kadın'ın evine kadar kovaladı. Kurbağa Kadın tarafından sihirle gerilerek genç bir çocuk hâlini alan Haburi, annesiyle ensest ilişkiye girdi. Gerçeğin farkına vardıklarında, Kurbağa Kadın'dan kaçmaları için Haburi bir kano icat etti. Daha sonra ihtiyaç duyulmayan kano, Ormanın Annesi olarak bilinen Dauarani'ye dönüştü.

Ölümün Kökeni

Başlangıçta, Brezilya'daki Caduveoların mitlerine göre ölen insanlar iki gün sonra tıpkı uykudan uyanır gibi dirilirdi. Ölülerin bu şekilde uyanması yaratıcı Gô-noêno-hôdi'nin üçkâğıtçı ekürisi Şahin Caracara'nın hoşuna gitmedi ve Gô-noêno-hôdi'ye, "Ölen herkes gerçekten ölmeli. Dünya zaten o kadar kalabalık ki yakında boş yer kalmayacak," dedi. Aynı fikirde olan Gô-noêno-hôdi, Caracara'nın tavsiyesine uydu.

Fakat Caracara annesi ölünce ağlayarak Gô-noêno-hôdi'ye gitti ve annesini diriltmesi için yalvardı. Gô-noêno-hôdi ona bataklıklarda açan kırmızı zambaklardan birini kopartmasını, annesinin mezarına gitmesini, annesine sapını tutturmasını ve onu hayata geri çekmesini söyledi. Caracara denileni yaptı ve annesi hayata dönmeye başladı. Caracara annesiyle yüz yüze geldiği sırada çiçeğin narin sapı koptu ve annesi ölümün içine geri düştü. Caracara ağlayarak Gô-noêno-hôdi'ye yalvardı ama Gô-noêno-hôdi ona, "Yapacak bir şey yok Caracara. Annen ölü kalmalı," dedi.

Caracara doğanı Güney ve Orta Amerika'da çok yaygındır.

Güneş Adam Lem

İlk güneş Táruwalem acımasızdı. Şili ve Arjantin'deki Yamanalara ait efsanelerde, Táruwalem kızdığı zaman o kadar ısınırdı ki okyanusları kaynatır ve ormanları yakardı. O günlerde Ay Kadın Hánuxa önderliğinde egemen olan kadınlar Táruwalem'i öldürmeye karar verdi. Boğazını sıkarak neredeyse öldüreceklerken Táruwalem zayıf düşmüş bir hâlde gökyüzüne kaçıp bir yıldız oldu. Táruwalem'in oğlu olan Güneş Adam Lem nazik ve iyi kalpli biri olmanın yanı sıra usta bir avcıydı. Bir gün avlanırken kadınların kutsal *kina*-kulübelerine denk geldi ve onların ruhları taklit etmeye çalıştıklarını duydu. Bunu erkeklere anlattı, onlar da kadınların egemenliğine karşı ayaklandı. Çıkan büyük savaşta Hánuxa hariç tüm kadınlar ya öldürüldü ya da kara ve deniz canlılarına dönüştürüldü. Hánuxa, kocası gökkuşağı Akáinix ve Güneş Adam Lem'le beraber gökyüzüne çıktı. O günden itibaren *kina*-kulübelerinde erkekler toplanmaya başladı. Savaşın izleri hâlâ Ay Kadın Hánuxa'nın yüzünde görülebilir; Hánuxa sonrasında kızgınlıkla denize daldı ve dağların tepelerine sığınanlar hariç tüm hayvan-insanları yok eden dünya çapında bir sel yarattı.

Tierra del Fuego'da, Yamana törenlerinde kullanılan bir *kina*-kulübesi

Afrika Mitleri

Afrika'da mitler binlerce yıldır binden fazla dilde anlatılır. Tanrılar ve ruhlarla dolu ve gözle görülen dünyayla örtüşen doğaüstü bir boyutu yansıtan bu mitler, birçok Afrika medeniyetinin zihinsel ve ruhsal yapısının ayrılmaz parçalarıdır. İlişkili kültürler arasında benzerlikler ve birbirinden esinlenmeler olsa da manalı ve bütün kıtayı kapsayan bir Afrika mitolojisi kurgulamanın imkânı yoktur. Mitlerin mahiyetleri ve ilgilendikleri meseleler son derece farklılık gösterir. Örneğin Yukarı Nil bölgesindeki Shilluklara ait mitler tamamen Shilluk toplumunun temeli ve krallarının tanrısal yönetim hakkını içeren sistemlerine odaklanırken Mali'de yaşayan Dogonların mitleri dışarıdan birinin anlamasını neredeyse imkânsız hâle getirecek derecede karmaşık yapıdaki yaratılış ve büyük kozmik temaların ince ve nükteli detaylarına yoğunlaşır. Batı Afrika mitleri kölelerce Yeni Dünya'ya taşınmıştır. Fon, Arada, Nago, Kongo, İbo, Bomba, Limba ve Bambara tanrılarının Karayip yerlilerinin tanrılarıyla iç içe geçmesi Haiti'de voodoo'nun ortaya çıkmasına neden olmuştur.

Dogonlarda Kozmos

Batı Afrika'da bulunan Mali'deki Dogon halkı şimdiye kadar belgelenmiş en karmaşık mitolojik yapılardan birine sahiptir. Dogonların hayatının her bir alanı mitlerle bezelidir.

Tüm evren aslında bir yumurtanın ya da bir tohumun içinde saklıydı ve var olan her şey bu yumurtanın içinde sarmal bir titreşim olarak meydana geldi; öyle ki evrenin bu sarmal genişlemesi günümüzde de devam eder. En ufak tohumdan kozmosun enginliğine kadar her bir şey, diğer her şeyi yansıtır ve belirtirdi. Bir köy veya bir toprak parçası ya da bir şapka veya bir meyve, içinde tüm evreni barındırabilirdi.

Her Dogon köyüne canlı bir kişi gözüyle bakılırdı. Kuzeyden güneye uzanan bu köylerin kafasında demirci dükkânı ve ayaklarında türbeler bulunurdu, bunun sebebi Yaratıcı Amma'nın dünyayı kilden bu pozisyonda yatan bir kadın formunda yapmasıydı. *Hogon*'un, yani köy şefinin kulübesi kozmosun bir modeliydi ve şefin kulübedeki hareketleri evrenin ritimleriyle uyum içindeydi. Kesesi "dünyanın kesesi", asası "dünyanın ekseni"ydi.

Dogon
hekim asasının başı

Nyikang

Nyikang, Yukarı Nil'deki Shillukların krallarının mitolojik olarak vücut bulmuş hâli olan, rüzgâr ve yağmur getiren bir varlıktır. Shilluklara günümüzdeki vatanlarına gelmeleri için rehberlik etmiştir ve ruhu her kralda yaşamaya devam eder. Nyikang ayrıca insanlarla dünyanın uzaktaki yaratıcısı Juok arasında köprüdür. Nyikang, üvey kardeşi Duwat'a bağlılık yemini etmeyi reddetti. Nyikang giderken Duwat ona sorgum ekmesi için bir sopa verdi ve bunu yeni köyünün toprağını kazmak için kullanmasını söyledi. Nyikang halkını bir ırmağın kıyısına getirdi ve buraya yerleştiler. Nyikang'ın ineği güneş krallığına kaçınca gri şahin Ojul onu bulmaya gitti. Güneşin oğlu Garo ineğin orada olduğunu inkâr etti ama Ojul dönüp Nyikang'a ineğin gümüş bir bilezik takan uzun boylu bir adamın, yani Garo'nun sürüsünde olduğunu söyledi. Nyikang ordusunu topladı fakat güneşe geldiklerinde ordu yok oldu. Nyikang, Garo'nun elini kesip bileziği ele geçirdi. Ardından güneşe bir keser fırlattı. Gümüş bilezikle ölen askerlerine dokunduğunda adamlar yeniden canlandı. Nyikang ölmedi ancak bir kasırgada kayboldu.

İki Shilluk
savaşçısı

Gökkuşağı Yılanı

Batı Afrika'daki Fonların inançlarına göre kozmik yılan Aido-Hwedo'nun erkek ve dişi ikiz formları vardı: Biri denizde, diğeri gökyüzündeydi. Aido-Hwedo, Yaratıcı Mawu-Lisa'yı (o da hem dişi hem de erkekti) dünya oluşurken ağzında taşıdı; dünya bu yüzden kıvrımlar ve dönemeçler hâlindeydi. Bütün iş bittiğinde Mawu-Lisa su kabağı şeklindeki dünyanın üzerinde taşıyabileceğinden çok ağırlık olduğunu gördü ve Aido-Hwedo'dan dünyanın altına bir taşıma yastığı gibi kıvrılmasını istedi. Mawu-Lisa, Aido-Hwedo'nun içinde yatması için serin denizi yarattı.

Dünyanın üzerinde ve altında üç bin beş yüzer kıvrılmış yılan vardı. Aido-Hwedo denizin altındaki kırmızı maymunların kendisi için dövdükleri demir çubukları yerdi; demir tükenince aç kalan Aido-Hwedo kendi kuyruğunu dişler ve dünya tüm yüküyle birlikte denize dökülürdü. Aido-Hwedo gökkuşağı, gelgitler, duman ve hatta sinirler gibi esnek, kıvrımlı ve ıslak her şeyin yaratıcı gücünü ve yaşam kalitesini temsil eder.

Kendi kuyruğunu
kemiren yılanın Benin'den
Fonlara ait bir temsili

İfa Kehaneti

İfa kader tanrısıdır. Batı Afrika'nın çoğu kesiminde ve aynı zamanda Yeni Dünya'da da uygulanan İfa kehaneti "Yoruba medeniyetinin temel taşı" sayılır. Hayatın önemli her noktasında İfa rahiplerine danışılır. Bu rahipler, gök gürültüsü tanrısı Shango ve demir ve savaş tanrısı Ogun gibi *orişa*, yani iyicil tanrılardan ya da ölüm tanrısı İku ve hastalık tanrısı Arun gibi *ajogun*, yani kötücül tanrılardan ricada bulunmaya ve onları yatıştırmaya çabalarlar.

Tanrılar ve insanlar arasında elçilik ve ara buluculuk yapan üçkâğıtçı tanrı Eshu bu dengenin kurulmasında kritik bir rol oynar. Eshu, iki tanrı grubu arasındaki kozmik mücadelenin dengesini sağlar. Ancak Eshu yalnızca omzunda iki yüzlü tanrının heykeli asılı olan bir rahibin başkanlığında gerçekleştirilen ayinde kendi adına kurban kesenlere yardım eli uzatır. Ardından bu kurbanı ilgili *ajogun*'a takdim eder. Her insan doğumundan önce kendi *ori*, yani ruhani kafasını seçer; *ori*'si kusurlu olan kişi hayatta yol alabilmek için sürekli kurban vermelidir.

256 farklı şekle girebilen üçkâğıtçı tanrı Eshu çok yönlü bir karakterdir.

Anansi ve Gökyüzü Tanrısı

Asante mitolojisindeki üçkâğıtçı örümcek Kwaku Anansi, insan ya da tanrı fark etmeksizin herkesi maskaraya çevirirdi. Bir defasında gökyüzü tanrısı Onyankopon'un yanına çıktı ve onun meşhur hikâyelerini satın almak istedi. Hikâyelerini zengin ve kudretli krallara vermeyi reddeden Onyankopon, ödenmesinin imkânsız olduğunu düşündüğü bir değer biçti: Anansi'den piton Onini, leopar Osebo, eşek arısı sürüsü Mmoboro ve orman ruhu Mmoatia'yı getirmesini istedi. Anansi bunları getireceğini ve hatta içlerine yaşlı annesi Nsia'yı da ekleyeceğini söyledi. Anansi'nin akıl danıştığı karısı Aso ona yardımcı oldu. Anansi, Onini'ye bir hurma dalıyla boy ölçüşmesini söyledi ve onu bir sarmaşıkla dala bağladı. Osebo'yu kandırarak bir çukura hapsetti. Mmoboro'yu yağmur yağdığına inandırarak sürüyü bir su kabağının içine soktu. Mmoatia'yı ise ağaç reçinesiyle kaplı yapışkan bir oyuncak bebekle kandırdı, Mmoatia tokat attığında bebeğe yapışıp kaldı. Anansi yaşlı annesiyle beraber hepsini Onyankopon'a götürdü. Onyankopon hikâyeleri memnuniyetle Anansi'ye verdi. Artık onlara "örümcek" ya da "Anansi hikâyeleri" deniyordu.

Yağmur Kraliçesi

Güney Afrika'daki Transvaal'da yaşayan Lovedu ya da Lobedular, Mujaji (veya Modjadji) diye bilinen yağmur kraliçesi tarafından yönetilirdi. Mujaji bulutlara şekil veren kişiydi, hatta duyguları bile yağmuru etkilerdi. Yalnızca yağmur yağdırmakla kalmaz, mevsimleri de sıraya koyardı. Bir yağmur kraliçesi doğal nedenlerle değil, törensel bir intiharla ölürdü. Ölümünden sonra kuraklık ve kıtlık olurdu.

Yağmur kraliçesinin yağmur muskaları ve kutsal tespihleri Lovedu'nun mitik kurucusu Dzugudini'nin annesi tarafından kraliçeye verilmek üzere çalındı. Dzugudini, kutsal kralın kendi erkek kardeşiyle ensest ilişkiye giren kızıydı. Oğlu Makaphimo'nun babasının kim olduğunu açıklamayınca, babasının gazabından kaçmak zorunda kaldı. Dzugudini kraliçenin yağmur yağdıracağı zaman onurlandırması gereken atalardan biri oldu; atalar memnun kalmazlarsa "kraliçenin ellerini tutarak" ona engel olurlardı. Lovedu'daki yılın en önemli dinî töreninde hasat için şükretmek amacıyla atalara her yıl bira sunulurdu.

Maskeli bir dansçı Lovedu'nun, *vuwhera* adlı çocukluktan erkekliğe geçiş ayinine katılması

/Kaggen ve Antilop

Sanların inancındaki yaratıcı /Kaggen (ters eğik çizgi dilin çıkardığı sesi ifade ediyor) dünyayı düşleyerek yaratan bir üçkâğıtçıydı. Bir erkek olarak tahayyül edilen /Kaggen her şekle girebilirdi ama favorileri peygamberdevesi ve antiloptu. Bilhassa sevdiği antilopları avcılardan korumaya çalışırdı; sadece antiloplar onun nerede olduğunu bilirdi.

/Kaggen ilk antilobu damadı Kwammang-a'nın (gökkuşağı) ayakkabısının bir parçasından yaptı. Hayvan başta çok küçüktü ama /Kaggen onu yanına çağırıp parlaması için üzerine bal peteği sürdü ve büyümesi için ona bal yedirdi. Kwammang-a ve oğlu yaban arısı /Ni-opwa, /Kaggen ve antilobu gözetlediler. Kwammang-a antilobun bir su birikintisine gelerek su içmesini bekledi ve sonra onu öldürdü. Kwammang-a'nın antilobu doğradığını gören /Kaggen ağladı. Ardından antilobun safra kesesini aldı ve onu bir dal parçasıyla deldi. Safra kesesinden akan karanlık tüm dünyayı kapladı. /Kaggen bir miktar ışık olması için kendi ayakkabısını gökyüzüne fırlattı ve ayakkabı Ay'a dönüştü.

San mağara resimleri antilop ve diğer hayvanların avlanmasını tasvir eder.

Sanlara Göre Ölümün Kökeni

Yaratıcı /Kaggen'in ayakkabısından oluşan Ay gece gökyüzünde dolaşır. Dolunay zamanı Güneş, Ay'a bir bıçak saplar ve Ay sadece omurgası kalana kadar çürür. Ardından, /Kaggen'in söz verdiği gibi yükseldikçe can ve güç kazanarak yeniden doğar.

Ay başlangıçta insanların da yeniden doğmasını amaçladı ancak yaratılış zamanındaki hayvan-insanlardan biri olan yaban tavşanı ölümün dünyaya gelmesine neden oldu. Tavşan ölen annesi bir daha geri dönmeyeceği için ağlıyordu. Ay onu teselli etti, annesinin yalnızca uyuduğunu ve geri geleceğini söyledi fakat tavşan onu dinlemedi.

Ay sonunda öyle sinirlendi ki tavşanın ağzına vurdu ve bugün hâlâ orada olan izi bıraktı. Ay, tavşanı lanetleyip, "İnsanlara gelince, onlar da ölecek ve asla dönmeyecekler," dedi.

Yeni Dünya'daki Afrika Tanrıları

Voodoo, çeşitli şekilleriyle, herhangi resmî bir yapısı olmayan bir dindir. Özünde bedenin ilahi güçler tarafından ele geçirildiği bir inanıştır; kendilerinden geçen dansçılar yeryüzüyle cenneti birbirine bağlayan bir direğin etrafında döner ve *Iwa*'nın (tanrılar) ruhları tarafından "güdülürler."

Karayipler ve Kuzey Amerika'ya köle olarak götürülen on iki milyon Afrikalının çoğu Batı Afrika'daki Fon, Yoruba ve Ewe kabilelerine ait insanlardı. Sürgünde tanrılarını da yanlarında getirdiler ve çeşitli mit ve ayinler birleşerek yeni bir din hâlini aldı. Kuzey Amerika ve Haiti'de bu dine "voodoo" ya da "vodou" denir; Brezilya'da *candomblé*, Küba'da *santería*, Jamaika'da *obeayisne* ve Trinidad'da *şango* kültü adını almıştır. "Voodoo" kelimesi Fon dilindeki tanrılar ya da ruhlar anlamına gelen *vodun*'dan türemiştir. Voodoo dinleri Hıristiyanlık kisvesi altında şekillendi. Her bir voodoo tanrısı ya da *iwa*, Katolik azizlerinden biriyle ilişkilendirildi. Böylece insan ve doğaüstü dünyaların kavşaklarının bekçisi Legba, Aziz Petrus ve Aziz Andreas ile; ölülerin *iwa*'sı olan Gédé, Aziz Expeditus ile; aşk *iwa*'sı olan Ezili, Meryem Ana ile özdeşleştirildi.

Papa Legba'nın Voodoo ayinlerinde kullanılan dinî sembolleri

Okyanusya Mitleri

Olağanüstü bir zenginliğe sahip olan Okyanusya mitolojileri dört ana kategoriye ayrılabilir: Polinezya mitleri, özellikle Yeni Zelanda ve Hawaii'de, içerdiği tanrılar panteonu ve mitler ile toplumsal yapı arasında kurduğu bağlar sebebiyle aralarında en belirgin yapıya sahip olandır. Mikronezya'nın mercan adalarındaki İfaluk gibi mitler, denizcilik veya vücut sanatı gibi kültürel başarılara methiyelerin düzüldüğü şiirsel ve barışçıl bir hayatı gözler önüne serer. Melanezya'daki Yeni Gine ve Torres Boğazı mitleri coğrafyayla "iç içe" ve yaratılış dönemindeki ataların önemini vurgulayan bir mitoloji yansıtır.

Buradaki iç içe mitoloji kavramı, kültürü geçerli kılan ve sürdüren asıl konseptin "yurt" olduğuna inanan Avustralya Aborjinlerinin mitolojisini anlamanın anahtarıdır. Aborjinler, Avustralya'yı ama her şeyden önce kendi "yurtlarını" (coğrafyayı olduğu kadar insanlar, bitkiler ve hayvanları içeren) bir çeşit yaşayan mit olarak tasavvur ederler. Her tepe, kaya, dere ve su birikintisi Düşgörü'deki atalardan kalma, sahip oldukları sınırsız iyileştirme ve yenileme potansiyeliyle capcanlı hâldeki varlıklarının izlerini ortaya çıkarır.

Paskalya Adası'ndaki gizemli devasa kafalar *moai* adıyla bilinir ve yüce şeflerin ruhani gücünü temsil eder.

Tangaroa'nın Tanrıları Doğuruşu

Yeni Zelanda'da Tangaroa deniz tanrısıdır ve Tangaroa dâhil tüm tanrılar gökyüzü Rangi ve yeryüzü Papa'nın çocuklarıdır. Ama bazı Polinezya Adaları'nda Tangaroa (ya da A'a) her şeyin yaratıcısı olarak bilinir.

Başlangıçta Tangaroa karanlıkta, bir kabuğun içinde yalnızdı. Başka hiçbir şey yoktu. Tangaroa sonunda kabuğu kırıp, "Kim var orada?" diye haykırdı. Fakat kimse yoktu. Kabuğun üst kısmını gökyüzü, alt kısmını ise kaya ve kum yapmak için kullandı. Sonra da yaratılışı tamamlamak için kendi bedenini ortaya koydu; omurgasından sıradağlar, etinden toprak, el ve ayak tırnaklarından ise balıkların pullarını ve kabuklarını yarattı.

Ardından diğer tanrıları kendi içinden dışarı çağırdı. Zanaat tanrısı Tu'nun yardımıyla da erkekleri ve kadınları yarattı. Bu mitin bir uzantısı olarak dünyadaki her şeyin içi boş bir kabuk olduğu düşünülür; gökyüzü, yeryüzü, kadınların rahmi...

Ataları Tangaroa'yı
tasvir eden
tahta bir oyma

Tane ve Hine-titama

Maori orman tanrısı Tane bir eş istediği için çamuru kumla karıştırarak ona bir kadın şekli verdi: Topraktan-çıkan Kız Hine-hau-one. Hine-hau-one'nin Tane'den bir kızı oldu: Şafak Kızı Hine-titama. O da Tane'nin karısı oldu.

Tane'nin dünyayı süslemek için güzel cisimler bulmaya gittiği bir gün, Hine-titama köye inip masumca babasının kim olduğunu sordu. Cevabı duyduğunda karanlık yeraltı dünyası Po'ya kaçtı. Tane peşinden gitmeyi denedi ancak yeraltı dünyasının kapıları ona kapalıydı. Hine-titama, Tane'ye aydınlıkta kalmasını ve çocuklarını yetiştirmesini söyledi. Kendisi de karanlıkta duracak ve çocuğu aşağı çekecekti. Artık Şafak Kızı değil, tüm canlıları ölümlerine doğru aşağı çeken Hine-nui-te-po, yani Yüce Karanlık Tanrıçası'ydı.

Ölmeyen tek şey Ay'dı. Boyutu küçülen Ay, Tane'nin yaşayan sularına dalıp gücüne tekrar kavuşur; böylece gökyüzünde yeniden gezerdi.

Tane oyması

Binbir Hileli Maui

Polinezyalı üçkâğıtçı Maui, annesi Hina'nin bir erkeğin peştamalını takıp hamile kalmasıyla fetüs olarak doğdu. Hina, Maui'ye bir zamanlar balık tutma tanrısı Kuula'ya ait olan sihirli bir balık iğnesi verdi. Maui denizden çekemeyeceği kadar büyük bir balık yakaladı: Polinezya Adaları'nı yakalamıştı.

Günlerin çok kısa olduğunu düşünen Maui, Hindistancevizi liflerinden yaptığı bir halatla güneşe kement atmaya çalıştı ama güneş halatı yaktı. Maui de kız kardeşinin saçından yaptığı halatla doğduğu sırada güneşi tuzağa düşürdü. Maui güneşi yazın daha uzun parlamaya ve kışın gökyüzünde hızlı ilerlemeye razı edene kadar bırakmadı.

Ölümün üstesinden gelmeyi arzulayan Maui, yüce karanlık tanrıçası Hine-nui-te-po'ya tecavüz etmek için yeraltı dünyasına indi. Maui, Tanrıça'nın ağzından çıkmayı umarak içine girdi ama küçük bacaklarının dışarı sarktığını gören kuşlar gülmeye başlayınca Tanrıça uyandı ve Maui'yi bacaklarının arasında ezerek öldürdü.

Makemake ve Kuş Adam

Rapa Nui rahipleri, kutsal ve uzun ilahilerini hatırlamak için *rongorongo* denen tahtalara hiyeroglifler kazıdılar. Bunların çoğu yaratılış mitleriyle ilgilidir, aydınlık ve karanlığın bir araya gelmesinden başlayarak evrilen ve zincirleme üremeyle ivme kazanan yaratılışın anlatıldığı bilindik Polinezya modeli kayda geçirilmiş gibidir. Rapa Nuilere ait ilahilerden birinde şu cümle geçer: "Küçük Şey, Sezilemez Şey'le yattı; Hava'daki İnce Toz'u yarattı."

Pörtlek gözlü, kurukafa yüzlü kuş tanrı Makemake'nin kilden insanları yarattığına inanılır. Karısı Haua ile beraber deniz kuşlarını denizin üzerinden Rapa Nui'ye sürdü ve Orongo'daki kayalara konmalarını sağladı. Her temmuz cesur yüzücüler ilk yumurtayı bulmak için yarışır, kazanan Makemake'nin dünyadaki o yıl için temsilcisi olan kutsal Kuş Adam'a dönüşürdü. Yumurtanın yoktan yiyecek var ettiğine inanılırdı. Makemake'nin tahtadan yapılmış bir imgesinde, adadakilerin dünyanın bir ucundaki bu yerde bitmeyen yiyecek bulma çabalarını hatırlatmak için tanrı yarı aç bir hâlde tasvir edilir.

Rongorongo tahtası üzerindeki
hiyeroglifler

Tanrıların Eseri

Tikopia'da yaşamın her alanı, Hawaii'deki Makahiki ya da Tonga'daki İnasi ritüelleri gibi Polinezyalı diğer ritüel yapılarıyla yakın akraba olan Tanrıların Eseri adlı karmaşık ayin döngüsünün etrafında gelişirdi.

Tanrıların Eseri altı haftalık iki ayin döngüsüne ayrılmıştı: Alize Eseri ve Muson Eseri. Başlıca törenler arasında kanoların yeniden adanması, tapınakların yeniden kutsanması, hasat ve ekim törenleri ve ayinlerde kutsal vücut boyası olarak kullanılan zerdeçal üretimi vardı. Bu ayinlerin amacı Tikopia'dakilerin beslenmeleri ve sağlıklarını korumaları için lütuflarına ihtiyaç duydukları güçlü ruhani varlıklar olan *atua* ile irtibatı sürdürmekti.

Bu tanrılar ve ruhların gönlü yiyecek ve kava ile alınır ve ekmek ağacı ve tatlı patates gibi mahsuller için verimli bir hasat sağlamaları özenli bir resmiyetle rica edilirdi.

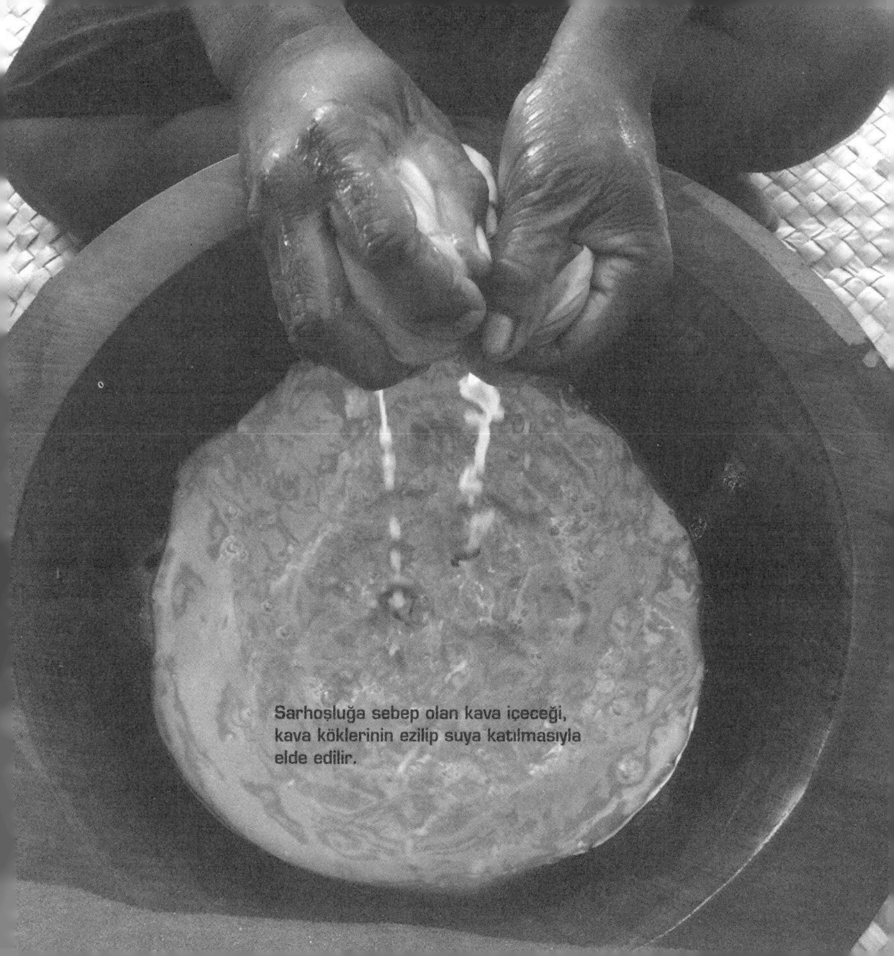

Sarhoşluğa sebep olan kava içeceği, kava köklerinin ezilip suya katılmasıyla elde edilir.

Dövmenin Kökeni

İfaluk mercan adasında kadınların, sevgililerinin çok beğendikleri geleneksel dövmelerinin üçkâğıtçı tanrı Wolfat'la birlikte ortaya çıktığı söylenir; Wolfat tanrı olduğu için dövmeleri istediği gibi "takınır" ve çıkarırdı. Diğer tanrılarla beraber gökyüzündeki çiçek tarlasında yaşardı. Babası Lugweilang her gün adaları ziyaret eder ve gökyüzü tanrısı Aluelap'a insanların ne durumda olduğunu bildirirdi.

Bir gün Wolfat gökyüzünden aşağı bakıp güzel bir kadın gördü ve o gece kadını ziyaret etmeye karar verdi. Kadın uykusundan uyanınca evinde tanımadığı bir adam olduğunu fark etti ve kim olduğunu görebilmek için ateş yaktı. Wolfat'ın tüm vücudunu kaplayan siyah dövmeleri gören kadın aşka geldi. Sabah olunca Wolfat çiçek semasına geri döndü. O gece süssüz bir hâlde kadını yine ziyaret etti. Kadın, Wolfat'ı reddetti ve onu ancak dövmelerini yeniden takındığında yatağına aldı. Wolfat ertesi gün İfaluklu erkeklere is ve kuş kanadı kullanarak dövme yapmayı gösterdi.

Güneş Tanrısı Geb

Yeni Gine'deki Marind-Anim'in güneş tanrısı Geb efsaneye göre yeryüzü Nubog ve gökyüzü Dinadin'in oğluydu fakat başka bir rivayete göre kendi kendisini meydana getirmişti; "büyüdükçe büyüdü."

Geb dayanılmaz derecede ısı yayan bir karınca yuvasında yaşayan kırmızı derili bir adamdı. Bu yüzden hiçbir kadın onunla evlenmiyordu; bir parça bambu sapıyla yetinmek zorundaydı. Geb insanların çocuklarını kaçırır, onları yakıcı sıcaklıktaki inine getirir ve kafalarını keserdi. Kadınları tarafından teşvik edilen korkak erkekler indeki ısıyı azaltmak için karınca yuvasından içeri su döküp yeryüzüne çıkmasını sağladıkları Geb'in kafasını kestiler. Bu saldırıdan korkan Geb'in kafası doğuya, güneşin doğduğu yer olan yeraltındaki mekânı Kondo'ya gitti. Orada bir patates filizinden gökyüzüne tırmandı ve güneşe dönüştü.

Geb her gün Kondo'dan batıdaki ufuk çizgisine doğru yol alır, gece boyu yeniden yeraltındaki Kondo'da kalır ve ertesi sabah yine doğardı.

Rüya Görmek

Rüya konsepti Avustralya Aborjinlerinin ruhsal ve düşünsel yaşamlarının merkezindedir. Eskiden Rüyazamanı olarak bilinse de uzak geçmişte yaşayan bir şeyden ziyade devamlı ve süregiden bir süreçtir.

Rüya şimdiki zamanın ritüel, kutsal objeler, şarkılar, dans, hikâye anlatımı ve görsel sanatlar aracılığıyla ulaşılabilen gerçek ve ebedî hâlidir. Avustralya'nın tüm tabiatı içerdiği sonsuz Rüya potansiyeliyle birlikte canlı hâldedir. Dünyanın hâlâ esnek, şekillendirilebilir ve yaratılış hâlinde olduğu zamanlarda "İlk İnsanların" yurdunda gezinildiğinden bahseden mitler vardır. Bu antik varlıklar, ilkel dünyada uyur hâldelerdi. Uyandıklarında insanlara ve yaşayacakları dünyaya biçim verdiler; ardından kendilerini yeryüzü şekillerine dönüştürdüler. Rüyalar daima coğrafyayla yakın ilişki içinde; onun içerisindedir. İlk İnsanların eylemleri sırasında kendi ruhani özleri olan *djang* tabiata sızmıştı ve toprağı canlı tutan buydu.

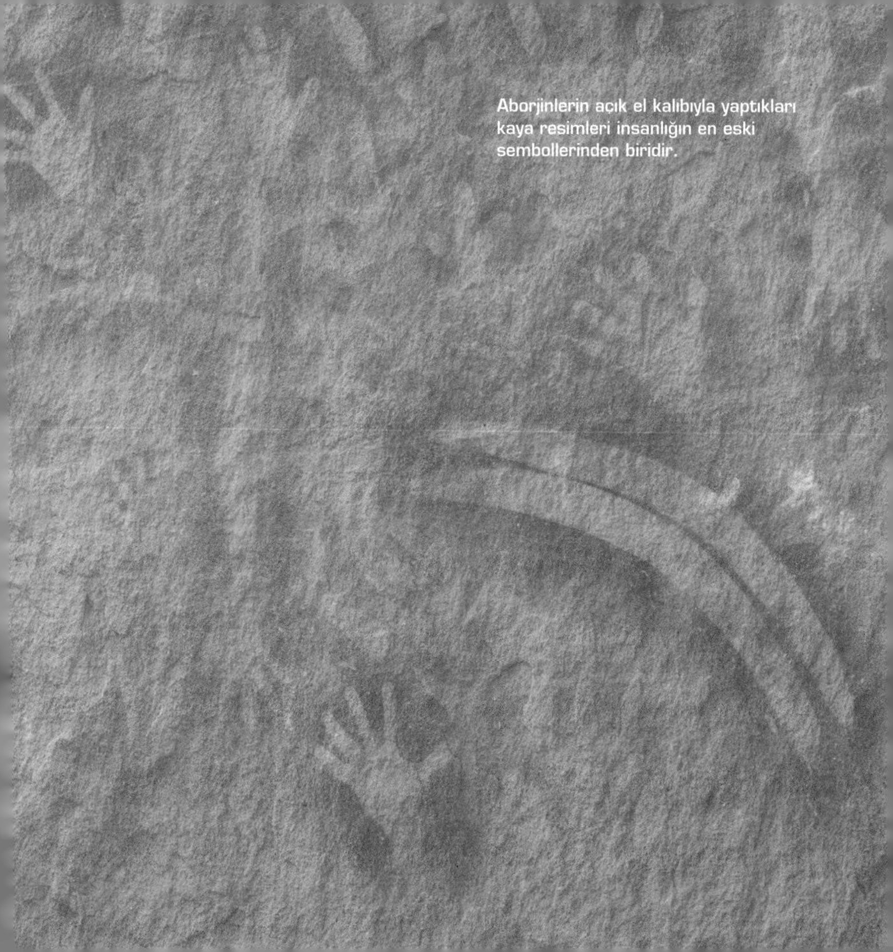

Aborjinlerin açık el kalıbıyla yaptıkları kaya resimleri insanlığın en eski sembollerinden biridir.

Lumaluma

Lumaluma denizden çıkarak insan formunu alan bir balinaydı. Bir gün kocaları balık tutarken iki kadını kaçırdı ve onlarla batıya giderek Avustralya'nın Arnhem Arazisi'ndeki Gunwinggulara kutsal bilgiyi götürdü. Ancak Lumaluma açgözlüydü ve ne zaman birinin tatlı yaban balı gibi lezzetli bir şey topladığını görse o yiyeceği *marelin*, yani kutsal ilan eder; böylece herkes için tabu hâlini alan yiyeceği sadece kendisi yerdi.

Lumaluma kutsal ayinleri gittiği her yerdeki insanlara öğretti. Karıları insanların aç olduğunu söyleyip ona kızsa da Lumaluma onlara kulak asmaz, sadece aktarması gereken bilgiyi düşünürdü. Bu yüzden insanlar kumsalda bir tuzak kurdu ve Lumaluma'ya saldırdılar. Ölürken bile insanlara kutsal törenleri öğretmeye devam etti. "Mızrağınızı yavaş saplayın," dedi, "hâlâ size öğreteceklerim var." Lumaluma ritüelleri erkeklere öğretti, onlar da eşlerine. Lumaluma ölünce cesedi deniz kenarında bırakıldı ve dalgaların altına girerek yeniden balinaya dönüştü.

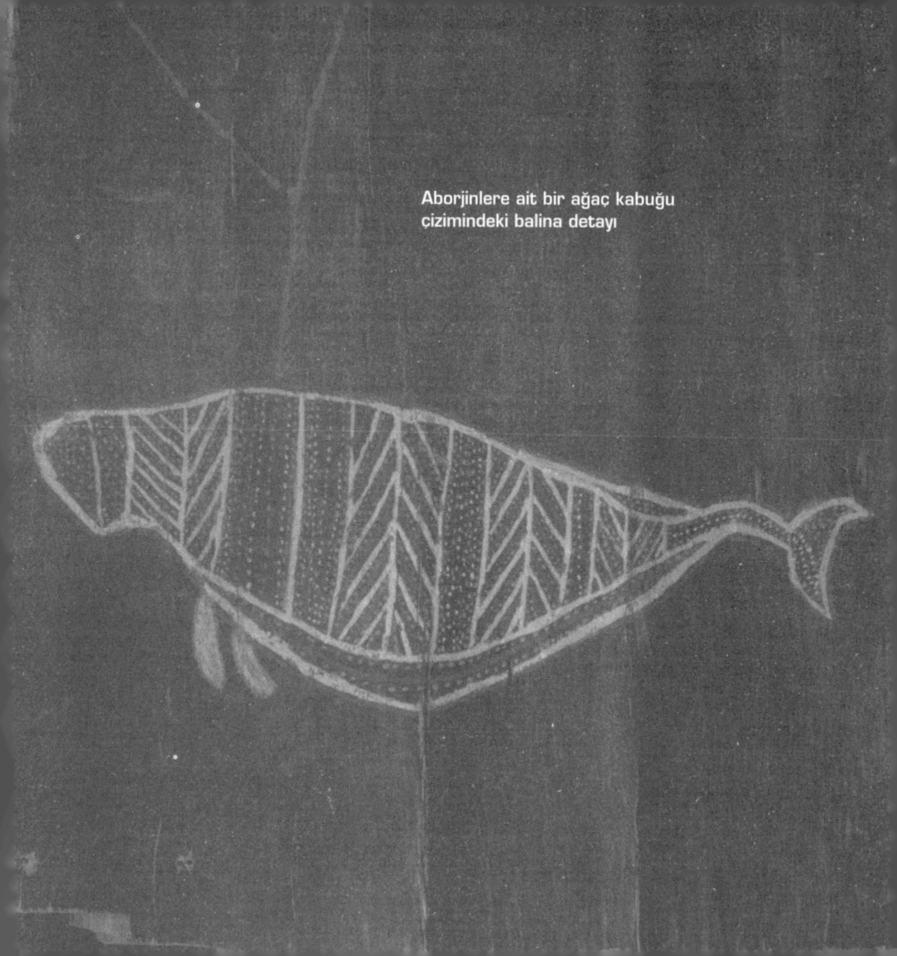

Aborjinlere ait bir ağaç kabuğu çizimindeki balina detayı

Uluru

Avustralya, Aborjinler için kıtadan da öte destansı bir toprak parçasıdır. Toprağın kendisi yaşayan bir mittir; mitler toprağa anlatısal olarak can verir. Kuzey Toprakları'nda bulunan, kum taşından dev kaya oluşumu Uluru, kutsal Avustralya coğrafyasının kesişim noktasıdır. Burası rüya ışımasındaki bütün rüyaların takip ettiği bir merkez olarak algılanır. Bunlar atalarının yolculuklarını izleyen "şarkı çizgileri"dir. Bu rüya izleri Avustralya'nın canlı bedeninin kasları, kemikleri ve iç organları olarak kabul edilir; Uluru kıtanın kalbi değil, göbek deliğidir. Aborjinler buraya en büyük ruhani güç, yani *djang* deposu gözüyle bakar.

Uluru, Kunialar (zehirsiz yılan insanlar) ve Lirular (zehirli yılan insanlar) arasında yaşanan epik bir savaş sırasında yaratılmıştır. Uluru'nun üstündeki üç oyuk Kunialar'ın lideri Ungata'nın kan kaybından öldüğü yeri gösterir. Oradan akan su Ungata'nın kanıdır ve gökkuşağı yılanı Wanambi'nin havuzunu doldurur.

Gökkuşağı Yılanı

Gökkuşağı yılanı Aborjin mitolojisinde önemli bir figürdür. Gökkuşağı yılanları hem erkek hem de kadın ve hem memeli hem de sürüngenlerdir. Yılanlar, rüya sırasında su birikintilerinden ortaya çıkmıştır. Kıtayı gezdikçe hareketleri antik coğrafyanın tepelerini, vadilerini ve su yollarını meydana getirdi. Gökkuşağı yılanları günümüzde yeryüzünün üzerinde gökkuşağı olarak yay çizer ve ışığın sudaki parıltısında ya da kristal kuvars ya da inci kabuğu gibi yansıtıcı cisimlerde görülebilirler.

Birçok hikâye gökkuşağı yılanını rahatsız etmenin veya yumurtalarına zarar vermenin tehlikelerinden bahseder; böyle durumlarda yılan bir tufan yaratır ve "bilge adam" (bir şaman) yılanla güreşmek için sel sularına dalarak selin gerilemesini sağlamak zorunda kalır. Aborjinlerin bilge adamlarının iyileştirici gücü gökkuşağı yılanından edinilir. Avustralya'nın kuzeybatısında şaman adayları yılan tarafından yutulur ve küçültülerek bebek boyutlarını alır. Bu bebekler gökyüzü dünyasına götürülür, öldürülür ve vücutlarının içinde kuvars ve ufak gökkuşağı yılanlarıyla hayata döndürülür.

Kuyruklu Kartal ve Karga

Avustralyalı Aborjin toplulukları, her birinin ayrı Rüya atasının olduğu iki akraba grubuna ayrılır. Günümüz Victoria'sında yaşayan Kooriler için bu atalar kuyruklu kartal Bunjil ve karga Bellin-Bellin'dir. Bunjil dağları ve ırmakları, hayvanları ve bitkileri oluşturduğu gibi aynı zamanda insanları da yaratan ve uymaları gereken kuralları belirleyen çok güçlü bir yaratıcıdır.

Bunjil yaratımını tamamladıktan sonra, Bellin-Bellin'den kesesini açmasını ve rüzgârı salıvermesini istedi. Bellin-Bellin kesesini açınca esen rüzgâr öyle şiddetliydi ki ağaçları topraktan söküp aldı. Bunjil hâlâ daha fazlasını istiyordu, Bellin-Bellin rüzgârın gücünü artırdı ve sonunda oğlu gökkuşağı Binbeal dâhil tüm ailesi bir hortumla gökyüzüne yükseldi. Kooriler gökyüzünün dört dayanakla desteklenerek havada tutulduğuna inanırdı. İlk beyaz adamın gelmesinin hemen ardından doğu gök dayanağının çürüdüğüne dair bir söylenti yayıldı, yaşadıkları şaşkınlığın kısa sürede haklı sebepleri olduğu ortaya çıktı.

Bunjil'in rüyada sığındığı söylenilen mağara

Çin Mitleri

Çin mitolojisi çok çeşitli ve karmaşıktır. Yaklaşık beş bin yıllık bir uygarlığı kapsar ve çoğunluk durumundaki Han Ulusu efsanelerinin yanı sıra Akha ve Miao gibi elliden fazla azınlık halkının efsanelerini de içerir. Klasik Çin mitleri *Dağlar ve Denizler Klasiği* (MÖ üçüncü yüzyıldan MS ikinci yüzyıla) gibi metinlerde derlenmiştir.

Bu erken dönem metinler, dünyayı kozmik yin ve yang yumurtasından doğan dev Pan Gu'nun yarattığını anlatır. Diğer hikâyelerin arasında insanlığın yaratıcısı Nu Gua, cennetten inen okçu Yi ve büyük tufanı yatıştıran Yu da vardır. Uzun yıllar *Dağlar ve Denizler Klasiği*'nin yazarının Yu olduğu söylendi. Çoğu zaman bölük pörçük ve takip etmesi zor olan erken dönem mitlere Taoculuk, Konfüçyüsçülük, Budizm ve çeşitli halk inançlarından, her birinin kendi hikâyeleri olan engin bir tanrılar panteonu eklendi. Tanrıların, Çin imparatorunun hükümdarlığının dengi sayılan bir cennette baş tanrı Yeşim İmparator önderliğinde yaşadıklarına inanılırdı.

Muhafız aslanlar efsanevi koruyucular olarak birçok Çin halk masalında yer alır.

Pan Gu

Başlangıçta kaos bir yumurtanın içindeydi ve bunun tam ortasında dev Pan Gu (Sarmal Antikite) doğdu. On sekiz bin yıl geçtikten sonra yumurta açıldı. Bütün hafif "yang" maddesi gökyüzüne dönüşmek için yükseldi ve bütün ağır "yin" maddesi çökerek yeryüzünü oluşturdu. Pan Gu gökyüzü ve yeryüzü arasında dokuz kere şekil değiştirdi ve cennetten daha ulvi, topraktan daha bilge oldu. Her geçen gün gökyüzü üç metre yükseldi, toprak üç metre kalınlaştı ve Pan Gu üç metre daha uzadı.

Bir on sekiz bin yıl daha geçtikten sonra Pan Gu tamamen büyüdü, gökyüzü ve yeryüzü ulaşabilecekleri en üst seviyeye ulaştı. Bu ikisini ayrı tutma çabasının sonunda Pan Gu bitkin düştü. Ölmeye yakın son kez şekil değiştirdi. Nefesi rüzgâr ve bulutlara, sesi gök gürültüsüne dönüştü. Sol gözü güneş oldu, sağ gözü ay; saçı ve sakalları ise yıldızlar. Vücudunun her bir uzvu fiziki dünyanın bir parçası hâlini aldı; yağmura dönüşen teri bile.

Nu Gua

Gökyüzü ve yeryüzü açılıp da dünya var olduğunda insanlar henüz yoktu. Yaratıcı tanrıça Nu Gua (Gua Kadın) bir insan yüzüne ve bir yılanın bedenine sahipti. Yalnızlıktan sıkıldığı için sarı kili yoğurarak ilk insanlara şekil verdi. Canlanan insanlar dans edip şarkılar söyledi. Yarattığı şeyden memnun kalan Nu Gua insan yapmaya devam etti ancak dünya neredeyse dolacakken yoruldu. Nu Gua çamurun içinden bir halat çekti. Halatı temizlerken damlayan çamur taneleri insana dönüştü. Sarı kilden yapılan insanlar aristokrat, çamurdan yapılanlar ayaktakımıydı ve bunlar sayıca daha fazlaydı.

Daha sonraki mit Nu Gua'nın yanına bir eş, erkek kardeşi Fu Xi'yi verir ve ilk çift onlardır. Birlikte olmak için kuyruklarını birbirine doladıklarında, yüzlerini gizlemek için çimlerden bir yelpaze ördüler; bütün Çinli gelinlerin elinde bir yelpaze bulunmasının sebebi budur. Fu Xi yazıyı, geleceği görme yetisini ve avcılık silahlarını icat etti; ağ ören bir örümceği gözlemledikten sonra insanlara balık ağı örmeyi öğretti.

Çiftçi Tanrı

İlk insanlar avcı-toplayıcıydı. İlk sabanı yapan ve insanlara farklı türdeki tohumları ekmeyi öğreten kişi çiftçi tanrı Shen Nong'du.

Aynı zamanda şifa tanrısı olan Shen Nong'un keşifleri Çin'in geleneksel bitki tedavisinin temelini attı. Tüm bitkileri dört kategoriye ayırdı: Tatsız, zehirli, soğuk ve sıcak. Özlerine ulaşmak için her bitkiyi pas rengi kırbacıyla kırbaçladı ve hangilerinin yararlı, hangilerinin zehirli olduğunu bulmak için tüm bitkileri ve su kaynaklarını şahsen koklayıp tatlarına baktı. Bunu yaparken bir gün içerisinde kendisini yetmiş kere zehirledi. Shen Nong'un vücudu transparan olduğu için her bir bitkinin neye sebep olduğunu görebiliyordu. Bağırsak Kıran Otu diye bilinen bir bitkinin yoğun miktardaki zehrine Shen Nong bile dayanamadı ve insanlığa hizmet ederken öldü.

Daha sonra kadın ya da erkek olabilen başka bir tanrı Hou Ji'ye (Egemen Darı) tahılı armağan etmek atfedilir.

正信筆

Yi ve On Güneş

Güneş tanrıçası Xi He, üç ayaklı kuzgun şeklinde on tane güneş doğurdu ve bunların hepsi nöbetleşe parlamaya başladı. Xi He, altı ejderhanın çektiği arabasıyla hepsini tek tek gökyüzünde gezdirdi. Fakat İmparator Yao'nun devrinde bu rutinden sıkılan güneşler aynı anda gökyüzüne kaçtı. On güneş birden birlikte o kadar sıcaktı ki dünyayı kavurdular, ekinleri yaktılar, kayalar bile erimeye başladı.

İmparator Yao, güneşlerin babası olan Cennet'in İmparatoru Di Jun'a dua etti. Di Jun, cennet okçusu Yi ve karısı Chang-e'yi dünyaya gönderdi. Yi önce güneşleri korkutmayı denedi ama gözleri korkmadı, bunun üzerine gökyüzüne bir ok attı. İlk güneş alevler içinde patladı ve yeryüzüne düşerken bir kuzguna dönüştü. Ardından atılan sekiz ok, diğer sekiz güneşi öldürdü.

İmparator Yao, dünyanın geri kalan tek güneşin ısısı ve ışığından mahrum kalmaması için Yi'nin son okunu çalmak zorunda kaldı.

Yi güneşleri avlarken.

Chang-e

Cennet okçusu Yi on güneşin dokuzunu öldürdükten ve bir de üzerine dünyayı canavarlardan arındırdıktan sonra, karısı Chang-e ile cennete geri döndü. Öldürülen güneşlerin babası olan Cennet'in İmparatoru Di Jun onları gördüğüne hiç sevinmedi ve çifti yeryüzüne sürdü.

Chang-e dünyada yaşamayı sevmedi, özellikle ölmekten çok korkuyordu. Bunun üzerine Yi ölümsüzlük iksirini bulmak için Batı'nın Ana Kraliçesi'ne doğru bir yolculuğa çıktı. Batı'nın Ana Kraliçesi ona iki kişilik bir iksir verdi ve bu dozun tek kişiye fazla geleceği konusunda kendisini uyardı. Yi iksiri uğurlu bir günde kullanmak için eve getirdi fakat Chang-e bekleyemedi ve iksirin hepsini içti. Bedeninin hafiflediğini hisseden Chang-e havada yükselmeye başladı. Cennete dönmeye cesaret edemediği için aya giderek ölümsüzlüğünü bir kurbağa olarak yaşadı. Yalnızlığını bir yaban tavşanı ve simyacı Wu Kang ile paylaşıyordu. Wu Kang da ölümsüzlük peşindeyken aya sürgün edildi ve her defasında yeniden çıkan Çin tarçını ağacını (ölümsüzlük ağacı) sonsuza dek kesmekle lanetlendi.

Yu ve Büyük Tufan

Büyük bir tufan dünyayı yok etmekle tehdit ediyordu. Bütün nehirler yataklarından taştı ve birçok insan boğuldu. Tanrı Gun insanlara acıdı ve nehir yataklarını onarmak istedi. Gun, göklerin tüm sırlarını bilen kutsal baykuş ve suların tüm sırlarını bilen kutsal kaplumbağanın destekleriyle cennet tanrısının kozmosu onarmak için kullandığı, nefes alan ve kendini yenileyen mucizevi toprağı çaldı. Bu hırsızlığı haber alan cennet tanrısı, görevini tamamlamasına fırsat bırakmadan Gun'a ölüm cezası verdi.

Gun'un cesedinden oğlu Yu (Sürüngen Pençe İzi) doğdu; bazı versiyonlarda insan, bazılarında ise ejderha olarak bahsi geçer. Nefes alan toprağı kullanması için Yu'ya izin verildi ve böylece nehirleri onarmayı başardı. Toprağı sırtında taşıyan kaplumbağanın ve kuyruğuyla toprağı bölen Yanıt Veren Ejderha'nın yardımlarıyla yeni su yolları açtı. Yu ardından salyasıyla toprağı kirleten dokuz başlı bir canavarı öldürdü. Bunun sonucunda yeni bir tarım ve insan uygarlığı çağı başladı.

İmparator Shun'un sarayındaki Yu

Yeşim İmparator

En erken dönem Çin mitlerinde, Shang halkının (MÖ 1600-1046) en yüce tanrısı Shang Di'dir. Zhou halkı (MÖ 1046-256) bu tanrıya Tian Di dedi. Song Hanedanı'nda (MS 960-1279) ise bu tanrı Yu Hang, yani Yeşim İmparator adını aldı. Bir saraya, hizmetçilere; Başbakan Dongyue Dadi denetiminde işleyen ve neredeyse memur olarak tanımlanabilecek alt seviyedeki tanrılardan oluşan engin bir bürokrasiye sahip olan Yeşim İmparator'un saltanatı, dünyadaki imparatorun saltanatının bir yansıması olarak görülebilir. Bir zamanlar insanken mükemmeliyete ulaşarak ölümsüz olan tanrıların Taocu, Konfüçyüsçü ve Budist geleneklerden geldikleri düşünülür. Yu Huang'ın durumu da böyledir. İnsan olarak aslen aziz gibi bir prensken, Taoculuğa olan müstesna bağlılığı sayesinde mükemmelliğe ulaşmıştır.

Mitlerin birinde her biri üç milyon yıl süren üç bin iki yüz testten geçen Yeşim İmparator, üç bin testi geçen şeytani bir iblisin cennetteki tanrıları yendiğini fark eder. Bilgeliği ve iyiliğini kullanarak iblisi alt eder ve müteşekkir tanrılar tarafından lider seçilir.

Sekiz Ölümsüz

Ölümsüz anlamına gelen *xian* kelimesi bire bir çevrildiğinde "dağda yaşayan adam" demektir. Taoculukta saygı duyulan Sekiz Ölümsüz geçmişlerinde ortak hiçbir nokta olmamasına rağmen çoğunlukla beraber yaşayıp beraber seyahat eden sekiz kişi olarak tasvir edilir.

He Xian'gu aralarındaki tek kadındı. Ömür boyu bekâret yemini etti ve evlenmemiş kızların koruyucusuydu. Cao Guojiu adlı ölümsüz erkek kardeşinin cinayetten idam edilmesinin utancıyla evi terk etti. Tao'yu (Yol'u) ararken diğer iki ölümsüzle tanıştı: Yapılı ve arsız Zhongli Quan ve müridi filozof Lü Dongbin. Cao Guojiu'ya yolun nerede olduğunu sordular, o da gökyüzünü gösterdi. Gökyüzünün nerede olduğunu sordular, kalbini gösterdi. Etkilenen ölümsüzler Cao Guojiu'ya mükemmeliyetin sırlarını öğrettiler. Şifa dağıtan dilenci Li Tieguai, androjen halk ozanı Lan Caihe, bir harita gibi katlayabildiği eşeğinin üzerinde seyahat eden keşiş Zhang Guolao ve flütçü Han Xiangzi'yle beraber sekiz kişi ediyorlardı. Bilgelik ve dini bütünlüklerine rağmen çoğunlukla hayatın tadını doyasıya çıkarırken tasvir edilirler.

Apoe Miyeh

Akha tepe kabilesi Çin'in güneybatısındaki Yünnan eyaletinde yaşar. Son birkaç yüzyılda Altın Üçgen ülkelerine (Tayland, Laos ve Myanmar) de yerleştiler. Hayatlarının her alanını yönlendiren sosyal ve ruhani bir prensip olan Akhazan'a ("Akhâlâ yolu") göre yaşarlar.

Her Akha köyünde bulunan köy rahibi, ruhlar âlemiyle ilgilenmesi için gerekli kutsal otoritesini doğrudan Akha dilinde "erken ata" anlamına gelen Apoe Miyeh adlı yaratıcıyla olan bağından alır. Yeryüzünü ve gökyüzünü Apoe Miyeh yarattı. Gökyüzünden bir grup ruh dünyaya indi, bunların sonuncusu olan Sm-mi-o insanları yarattı. Bu ilk insanlar hiçbir şey bilmiyordu ama Apoe Miyeh her türden insana, ihtiyaçları olan tüm bilgileri içeren kitaplar verdi. Apoe Miyeh'in Akhalara verdiği kitap bir mandanın derisinin üzerine yazılıydı. Bir dönem büyük bir açlık çeken Akhalar mandanın derisini yedikleri için Apoe Miyeh'in bahşettiği tüm bilgileri içlerinde taşır ve kitaplara ihtiyaç duymazlardı.

Akha erkeği ve kadını

Cenneti ve Yeryüzünü Dokumak

Miaolar Güney Çin'in dağlarında yaşasalar da Hmong gibi bazı alt gruplar Güneydoğu Asya'ya göç etti. Yaratılış mitleri dokumacılık, dikiş ve nakışın Miao kadınlarının hayatındaki önemini yansıtır.

Gök açılıp da yeryüzünün kazılarak ortaya çıkarıldığı dönemdeki ilk çift Ntzï Tao Ntso Ntzï (tanrı dağı parçası) ve Ntzï Tao Ntso Bo (dokuma parçası kadın) dünyayı dokumaya karar verdiler. Fakat çok yaşlı olduklarından, bu görevi kızları Tsu Ma Ngeo Dong ve Ch'in Ntzï Dong'a verdiler. Kızlar çalışırken aşağıdaki insanların pirinç çeltiği gibi yerde yattıklarını, yukarıdaki insanların ise gökyüzünde ağaç yaprakları gibi salındıklarını fark ettiler ama kimse onlara yardım eli uzatmadı. Üçüncü gün, Ngeo Ge Ngeo Ntseo (çiçek gibi güzel gönüllü genç kadın) adlı genç bir kız onlara yardıma geldi. Yeryüzünü ve gökyüzünün ölçüsünü aldıklarında, gökyüzünün yeryüzünden daha geniş olduğunu fark ettiler. Ngeo Ge Ngeo Ntseo, "Gökyüzü bambudan bir şapka, yeryüzü ise bir pirinç sepet gibi," dedi.

Miaolara ait batik bir kundak yorganı

Japonya Mitleri

MS 712 yılında tamamlanan *Kojiki, Antik Şeylerin Kayıtları* [*Kojiki, The Record of Ancient Things*] Japonca yazılmış en eski kitaptır. Japon mitolojisinin ilk elden kaydı ve imparatorluk klanının kökenlerinin ve tarihinin bir anlatısıdır. Güneş tanrıçası Amaterasu'nun imparatorluk ailesinin ilk atası olduğu kabul edilir. İnsanların ona Yüce Göklerin Işıldayan İlahesi olarak tapındığı erken dönemlerde, İse'deki tapınağı başlangıçta yalnızca imparatorluk ailesi mensuplarına açıktı.

Japon mitolojisi Şinto dini ve onun merkezî kavramı olan "*kami*'ye hizmet" düşüncesiyle de son derece iç içedir. Kami kelimesi dilimize "tanrılar" ya da "doğanın kutsal güçleri" olarak çevrilebilir. Sonsuz sayıda *kami* olduğuna inanılır. Kimileri yüce yaratıcı varlıklardır, kimileri doğal güçlerdir, kimileriyse ataların ruhlarıdır. Japon mitlerinin bir başka kaynağı da Japonya'nın yerli halkı olan Ainu'nun destansı şarkılarıdır. Bu şarkılar tanrılara dair hikâyeler aktarır ve birinci tekil şahısla, tanrıların ağzından söylenirler.

Bir Şinto tapınağına açılan *Torii* kapısı

İzanami ve İzanagi

İzanami ve İzanagi ilk çiftti. Gökkuşağı Köprüsü'yle gökyüzünden indiler ve ilk okyanusu bir mızrak aracılığıyla karıştırarak Onogoro'yu, yani ilk adayı yarattılar. İki kuyruksallayan kuşunun çiftleştiğini görünce arzuyu hissettiler. Bir sütunun etrafında dönerek evlendiler ancak ilk konuşanın dişi İzanami olması nedeniyle ilk bebekleri Hiruko bir sülük-çocuk olarak dünyaya geldi ve onu sazlıklarda başıboş sürüklenmeye bıraktılar.

Tekrar evlendiler ve ilk konuşanın İzanagi olması üzerine İzanami Japonya adalarını ve birçok *kami*'yi ya da tanrıları dünyaya getirdi. İzanami ateş tanrısı Kagutsuchi'yi doğururken o kadar kötü yaralandı ki öldü. Yeraltı dünyası olan Yomi'ye giden İzanami'nin peşine düşen İzanagi geri dönmesi için ona yalvardı. İzanagi, Yomi tanrılarına dileğini iletmek için İzanami'yle aşağı inerken tarağının bir dişini kırıp meşale olarak kullandı. Meşalenin ışığında İzanami'nin vücudunun çoktan çürümeye başladığını ve kurtlarla dolu olduğunu gördü. İzanami derhâl kaçtı ve Yomi sürüleri tarafından kovalandı. Girişi ucu ucuna bir kayayla kapatmayı başaran İzanagi, İzanami'nin ölümün içinde kapana kısılmasına neden oldu. Bunun üzerine İzanami her gün bin kişiyi öldüreceğine yemin edince İzanagi de her gün bin beş yüz yeni bebek dünyaya getireceğine söz verdi.

Susanoo

İzanagi eşini kurtarmayı başaramayıp yeraltı dünyasından çıktığında sefil ve kirliydi. Kendisini yıkarken diğer tanrıları yarattı. Güneş tanrıçası Amaterasu sağ gözünü yıkadığında, ay tanrısı Tsuki-Yomi sol gözünü yıkadığında, fırtına tanrısı Susanoo ise burnunu temizlediğinde ortaya çıktı.

İzanagi, Susanoo'ya denizin sorumluluğunu verdi ancak Susanoo ağladı ve yeraltı dünyası Yomi'ye giderek annesi İzanami'yi görmeyi talep etti. Bunun üzerine İzanami onu gökyüzünden sürdü. Susanoo yolda kız kardeşi Amaterasu'nun Dokuma Salonu'nun kutsallığına leke sürdü. Tanrılar onu sakallarını ve tırnaklarını keserek cezalandırdı ve dünyayı bir dışlanmış olarak dolaşmak üzere uzaklaştırdılar. Orada Pirinç Tarlası Prensesi'ni sekiz başlı bir ejderden kurtaran Susanoo, prensesi bir tarağa dönüştürerek saçına taktı. Daha sonra sake içirerek sarhoş ettiği ejderi öldürdü. Ejderin kuyruğunda Kusanagi adı verilen bir kılıç vardı ve Susanoo onu özür dilemek amacıyla Amaterasu'ya verdi. Sonrasında Pirinç Tarlası Prensesi'ni yeniden bir genç kıza dönüştüren Susanoo onunla evlendi.

Amaterasu

Güneş tanrıçası Amaterasu, bakireleriyle birlikte kutsal Dokuma Salonu'nda evrenin kumaşını dokudu. Fırtına tanrısı olan erkek kardeşi Susanoo pirinç tarlalarını bozduğunda, İlk Meyveler Salonu'na dışkıladığında ve Dokuma Salonu'nun çatısından aşağı derisi yüzülmüş bir midilli attığında Amaterasu o kadar büyük bir şok yaşadı ki oradan kaçarak bir mağaraya saklandı ve mağaranın girişini taşla kapattı. Hem gökyüzü hem de yeryüzü karardı.

Güneş olmadan hiçbir şey büyüyemezdi. Tanrılar Amaterasu'yu dışarı çıkarmak için her şeyi denedi ama boşunaydı. Sonunda düşünceleri birleştiren tanrı Omoshi-kane, şafak tanrıçası Ama-no-uzume'den ters çevrilmiş bir sake fıçısının üstünde striptiz yapmasını istedi. Ama-no-uzume'nin maskaralıkları karşısında tanrılar o kadar çok güldü ki Amaterasu neler olduğunu sormak için mağaranın girişine yaklaştı. Ama-no-uzume Amaterasu'ya ondan da güçlü parlayan bir tanrıçanın gelişini kutladıklarını söyledi. Tanrıçayı görmek için dışarı çıktığında tanrılar aynadaki yansımasıyla gözlerini kamaştırarak Amaterasu'yu mağaradan dışarı çektiler ve bir daha geri dönememesi için mağarayı kutsal bir iple mühürlediler.

Amaterasu mağaradan dışarı çıkarken.

Pirincin Kökeni

Güneş tanrıçası Amaterasu yiyecek tanrıçası Ogetsu'nun Sazlık Ovalar'ın Merkez Toprakları'nda olduğunu duyunca ne yaptığını izlemesi için ay tanrısı olan kardeşi Tsuki-Yomi'yi gönderdi. Ogetsu'yu bulduğunda Tsuki-Yomi'nin karnı acıktı ve kaba bir tavırla Ogetsu'dan kendisini beslemesini talep etti. Gücenen Ogetsu, Tsuki-Yomi'ye kusarak bir ziyafet çıkarmaya başladı. Tsuki-Yomi bu denli kirletilmiş yiyeceklerin ona sunulmasına o kadar sinirlendi ki kılıcını çekerek Ogetsu'yu öldürdü. Ogetsu'nun bedeninden Japonya'nın tüm temel tarım mahsulleri büyüdü. Gözlerinden pirinç, kulaklarından darı, cinsel organından buğday ve rektumundan soya fasulyesi çıktı. Ogetsu'nun alnından inekler ve atlar çıkarken kaşlarından ipek böcekleri yayıldı.

Tsuki-Yomi, yaptığı şeyi itiraf edince Amaterasu onu kardeşlikten reddetti. Güneş ve ay bu nedenle gökyüzünde çok seyrek birlikte görülür. Amaterasu, Ogetsu'nun bedeninden büyüyen her şeyi gönderdi, böylece onları insanlığa dağıtabilirdi.

Pirinç Tanrısı İnari

İnari Japonya'nın temel tarım ürünü pirincin tanrısıdır. Sakallı bir adam, bir kadın ya da bir tilki olarak belirebilir. Japonya'da genel olarak güvenilmeseler de tilkilere İnari'nin elçileri gözüyle bakılır.

Bir hikâye aslında İnari olan bir kadınla evlenen çiftçiyi anlatır. Yorganın altından bir tilki kuyruğunun sallandığını görene kadar mutludur. Başka bir versiyonda karısını bahçeyi kuyruğuyla süpürürken yakalar. Her hâlükârda çiftçi bir tilkiyle evlendiğinin farkına varır. Yine de karısının yanında kalır, hatta karısı ona pirinçleri baş aşağı dikmeyi öğreterek vergi memurunu kandırmasında yardımcı olur, böylece ekinlerin suyun altında gizlenmelerini sağlar.

İnari her bahar çeltik tarlalarını tazeleyen dağ akıntılarıyla beraber dağlardaki evinden iner ve her sonbahar geri dönerdi. Pirinç zenginlik sembolü olduğu için İnari aynı zamanda tüccarların da tanrısıydı.

Pirinç tanrısı olan İnari kadın, erkek ya da tilki olarak tasvir edilir; bazen de bir tilkiyle beraber resmedilir.

Benten

Benten, talihin yedi tanrısı Shichi Fukujin'in tek dişi üyesidir. Aşk ve sanat tanrısı Benten (ya da Benzaiten) dışındakiler koruyucu tanrı Bishamon, refah tanrısı Daikoku, şans tanrısı Ebisu, bilgelik tanrısı Fukurokuju, cömertlik tanrısı Hotei ve uzun ömür tanrısı Jurohjin'dir. Bu yedi tanrı genelde muhteşem hazine gemilerinin içinde bir arada tasvir edilir.

Benten müzik tanrıçasıdır ve yanında daima *biwa* adında telli bir çalgı taşır. Enstrümanlarını ruhlarını katarak çalan müzisyenlere görünür. Aynı zamanda deniz ve Meru Dağı'ndan akan nehir gibi akışı olan her şeyin tanrıçasıdır. Benten bir seferinde köylerde terör estiren yılan kralın karşısına çıkar. Başta tiksinse de yılan onu tatlı dille baştan çıkarır ve Benten vahşiliğine hâkim olması durumunda onunla evlenmeyi kabul eder. Paraya ihtiyacı olan insanlar genellikle Benten'e dua eder, çünkü yılanın da kanıtladığı üzere Benten'in sevgisi yalnızca güzel sözlerle kazanılırdı.

Fuji Dağı

Kami kelimesi "tanrılar" ya da "doğanın kutsal güçleri" anlamına gelir. Tüm canlıların ve doğal özelliklerin bir *kami*'si vardır. Fuji Dağı'nın Kaguya-hime adıyla bilinen güçlü bir dişi *kami*'yi cisimleştirdiğine inanılır. On ikinci yüzyıl kahramanı Tadatsune'nin destekçilerinin Kaguya-hime'nin sınırlarını çiğnedikleri zaman talihsiz bir şekilde tecrübe ettikleri gibi, bu *kami*'ye her zaman saygıyla yaklaşılmalıdır. Kaguya-hime bir yeraltı nehrinin öteki kıyısında yanında bir ejderhayla durur ve karşıya geçenler ânında öldürülürdü.

Uzun zaman önce yaşlı bir adam dağda bir kız bebek buldu ve adını Kaguya-hime koydu. Kız büyüyünce o kadar güzel oldu ki Japon imparatoru onunla evlendi. Yedi yıl sonra bu kız ölümsüz olduğunu ve gökyüzüne geri dönmesi gerektiğini beyan etti. İmparatoru avutmak için ona kendisini her zaman görebileceği bir ayna verdi. İmparator aynayı kullanarak Kaguya-hime'yi Fuji Dağı'nın tepesine kadar takip etti. Ancak dağa vardığında daha fazla ilerleyemeyeceğini fark etti. İçinde kalan arzusu yüzünden ayna bir anda alev aldı, bu yüzden dağın tepesinden her zaman görülen bir duman yükselir.

冨嶽三十六景
甲州
犬目峠

Kamuy Yeryüzünü ve İnsanları Yaratır

Kotan-kor-kamuy (kara yaratan) Ainu halkının yaratıcısıdır. Başlangıçta dünya, yukarıda altı kat gökyüzü ve aşağıda altı dünyanın olduğu cansız bir bataklıktı.

Bir gün Kotan-kor-kamuy toprak yapmak için bataklığa bir kuyruksallayan kuşu gönderdi. Zavallı kuşun kendisinden istenilen şeyi nasıl yapacağına dair hiçbir fikri yoktu. Panik içinde kuyruğu suya çarpmaya başladı ve kara giderek su yüzüne çıktı. Yeni dünya o kadar güzeldi ki Kotan-kor-kamuy'la beraber göklerde yaşayan hayvanlar burada yaşamak için ona yalvardı. O da kabul etti.

Kotan-kor-kamuy ardından Ainu halkını yarattı; bedenleri topraktan, saçları kuş otundan ve omurgaları yaşlandıkça bükülen söğüt dalındandı. Sonra insanlara ayinleri ve el becerilerini, avlanmayı ve yemek pişirmeyi öğretmesi için Aeoina-kamuy'u (hakkında şarkılar söylediğimiz tanrı) gönderdi. Aeoina-kamuy gökyüzüne geri döndüğünde diğer tanrılar üzerine sinen insan kokusundan yakındıkları için aynı zamanda Ainurakkur (Ainu insanı kokulu) olarak da bilinir.

Ainu avcıları

Ateş Tanrıçası

Büyükanne Ocağı olarak da bilinen ateş tanrıçası Fuchi, Ainu ritüelleri için çok önemlidir. Evi ve içinde yaşayanları korur. Ayin sırasında ateşin üzerine sake püskürtülürse Fuchi duaları *kamuy*'a, yani dünyanın her yerini kaplayan tanrısal ruhlara taşır.

Evrenin bir minyatürü olan ocakta yaşayan Fuchi geleneksel Ainu evinin merkezindedir. Odanın doğu ucunda ayı tanrı Kimun-kamuy gibi tanrıların girip çıkabilmesi için ufak, kutsal bir pencere bulunur. Kimun-kamuy, Ainuların dünyada her zaman hayatta kalmalarını temin edecek kadar ayı olmasını sağladığı için ona minnet sundukları *iyomante* seremonisinin odak noktasıdır. Seremoni Ainular ve *kamuy* arasında ara buluculuk yapan Fuchi'ye dua edilmesiyle başlar.

Mitlerden biri Fuchi'nin, kocasını çalan su tanrıçası Wakka-ush-Kamuy ile girdiği sihirli yarışmadan bahseder. Yarışmayı Fuchi kazanır ve gözü korkan kocası mahcup hâlde geri dönerek uysalca Fuchi'nin ocağının dibinde oturur.

Geleneksel bir
Japon evinin merkezinde
bulunan ocak

Hindistan Mitleri

Hindistan'ın ince ve detaylı mitolojisine ait birçok öğe Hinduizm dinine dâhil edilmişse de kökeni yaratım ve yıkım tanrısı Şiva ve yüce tanrıça Devi'ye çok önceden tapan İndus uygarlığına (yaklaşık MÖ 2500-1500) dayanır. Bu erken dönem mitoloji MÖ 1700'lerde Hindistan'ı istila eden Aryanların Vedik tanrılarıyla birleşmiştir. İç içe geçmiş olan bu mitler ilk defa MÖ 1200'lerde Rigveda'da yazıya dökülmüştür.

Gökyüzü tanrısı İndra, güneş tanrısı Surya, ateş ve kurban tanrısı Agni, ölüm tanrısı Yama gibi birçok önemli Vedik tanrısına hâlâ tapınılır. Evrenin temel yaratıcı gücü olan Brahman'ın birer yönünü temsil eden Hinduizmin geniş tanrılar ve tanrıçalar panteonunda bu eski tanrıların rolleri genellikle arka plandadır. Hindistan mitolojisi, Hinduizmin büyük tanrıları Brahma, Şiva ve Vişnu dışında özellikle Orta Hindistan ve Kuzeydoğu Sınırı'nda düzenli bir şekilde kayda geçirilmiş kabilelere ait zengin mitolojiler de barındırarak Baiga ve Singfo gibi halkların hikâyeleri ile inançlarını muhafaza eder.

Yaratılış Tanrısı Brahma

En erken dönem Hindu mitolojisi, çeşitli hayvan formlarında kızıyla ensest ilişkiye girerek tüm canlıları yaratan Prajapati adındaki yüce tanrıdan bahseder. Bu tanrı, yaratıcı Brahma'ya asimile olmuştur.

Brahma'nın aslen beş tane başı vardı ancak kendisinden üstün olduğunu iddia edince biri Şiva tarafından kesildi ve dört başı kaldı. Brahma, uzay-zamanın hâkimidir. Her *kalpa* (4.320 insan yılına denk düşer), Brahma dünyayı yeniden yaratır; her bir *kalpa* ona bir gün bir gece gibi gelir. Kaosun hüküm sürdüğü Brahma gecelerinde tanrı Vişnu kozmik okyanusta yılan Ananta'nın üzerinde uyur. Şafak vakti Vişnu'nun göbek deliğinden, dünyayı yenilemeye hazır hâldeki Brahma'nın içinde olduğu bir nilüfer çıkar. Brahma başlarda hâlâ uykulu olduğu için hatalar yapar; bu yüzden dünya asla mükemmel değildir. Yalnızca meditasyon aracılığıyla evrenin başlangıcını ve sonunu görebilen Brahma'nın yaratıcı güçleri ancak o zaman faydalı hâle gelir. Deneyimlediğimiz dünya Brahma'nın verdiği nefesten meydana gelen ve sürekli değişim hâlinde olan *maya* adlı bir illüzyondan ibarettir.

Okyanusun Çalkalanması

Okyanusun çalkalanması miti Hint destanı *Mahabharata*'da geçmektedir. Tanrılar bir gün okyanusun derinliklerinde gizlenmiş ölümsüzlük iksiri *amrita*'yı nasıl elde edeceklerini tartışmak için Meru Dağı'nda toplandı. Vişnu, Nagaların yılan kralı Vasuki'yi döndürme halatı, Meru Dağı'nı da kürek olarak kullanarak okyanusu çalkalamayı önerdi. Devalar (tanrılar) yılanı bir ucundan sıkıca tuttu, iksirden kendilerine pay verilmesi için söz alan Asuralar (iblisler) ise diğer ucundan çekti. Okyanus bir anda tereyağına döndü ve içinden güneş, ay, Vişnu'nun karısı Lakşmi, bereket ineği Surabhi ve elinde değerli iksiriyle tanrıların hekimi Dhanvantari'nin de aralarında olduğu on dört değerli şey ortaya çıktı.

Vişnu, Asuraların iksiri tadıp ölümsüzlük kazanmalarını istemiyordu; bu yüzden güzel bir kıza dönüşerek onları kandırdı. Asuralardan sadece Kavrayıcı Rahu iksirden bir yudum alabildi; Vişnu bunun üzerine onun kafasını kesti. Bu kafa ölümsüzdü ve sürekli ayı yutup geri kusar, *amrita*'dan bir yudum daha alabilmek için can atardı.

Vişnu'nun Avatarları

Dünyanın koruyucusu ve yeniden kurucusu olan Vişnu, hikâyenin bir versiyonuna göre insan ya da hayvan şeklinde dokuz kere dünyaya geldi. Beyaz at Kalkin olarak onuncu defa dünyaya geldiğinde bu devrin sonu gelecekti.

Vişnu'nun ilk avatarı, ilk insan Manu'yu yaklaşan sel konusunda uyaran ve bir gemi inşa etmesini söyleyen balık Matsya'ydı. Okyanusun çalkalanmasında kaplumbağa Kurma olarak Meru Dağı'na dayanak oldu. Yaban domuzu Varaha olarak dünyayı iblis Hiranyakşa'nın gazabından kurtardı. Yarı insan yarı aslan Narasimha ve cüce Vamana olarak iblis kralları yendi. Vamana kendisine üç adımda kaplayabileceği kadar çok toprak vermesi için iblis kral Bali'ye yalvardı ve üç adımda tüm dünyayı kapladı, Bali'ye yalnızca yeraltı dünyasını bıraktı. Baltacı Paraşurama olarak bilginler sınıfının savaşçılar sınıfının üzerindeki üstünlüğünü savundu. Rama olarak iblis Ravana'yı avladı. Krişna olarak Radha'yı baştan çıkardı ve iblisleri yendi. En son Buda olarak insanlara aydınlığa giden yolu öğretti.

Vişnu'nun avatarlarından oluşan liste Hindistan'ın çoğu yerinde farklılıklar gösterir ve bölgesel tanrıların da dâhil olmasıyla bu sayı artar.

Şiva ve Parvati

Yok edici Şiva, karısı Sati'nin intiharına öyle üzüldü ki dünyanın sonunu zamanından önce getirecek olan Tandava dansını yapmaya başladı. O zaman da tanrılar o kadar paniğe kapıldılar ki Vişnu, Sati'yi Himalaya Dağı'nın nazik, güzel kızı Parvati olarak yeniden dünyaya getirdi.

Parvati şaka olsun diye elleriyle Şiva'nın gözlerini kapatınca dünya karardı ve Şiva derhâl alnında on milyon güneşin ateşiyle yanan üçüncü bir göz yarattı. Meditasyon yaparken aşk tanrısı Kama tarafından aklına Parvati'ye dair şehvet düşünceleri sokulan Şiva istemeden üçüncü gözünü açtı ve Kama'yı yakıp kül etti; böylece aşk tanrısı artık *ananga*, yani bedensizdi.

Sofuların tanrısı olmasına rağmen aynı zamanda kutsal fallus tanrısı da olan Şiva, Parvati ile birlikte olduğunda tüm dünya sallandı. Dansın efendisi olarak da tapınılan Şiva dünyayı dans ederek yaratır ve yok eder ve genellikle bir ateş çemberinin içinde dans ederken tasvir edilir.

Skanda ve Ganeşa

Savaş tanrısı Skanda ve engellerin kaldırıcısı, bilgelik ve öğrenme tanrısı Ganeşa, Şiva ve Parvati'nin çocuklarıydı. Şiva'nın aşk konusunda mahir olmasına ve Parvati'nin onun koynuna girmek dışında bir şey istememesine rağmen iki çocuğun da rahme düşmesi hayli tuhaftır.

Diğer tanrılar, nihayetinde Skanda tarafından öldürülen iblis Taraka'ya karşı Şiva'dan destek almayı umarak çiftin birlikteliklerini yarıda kesti. Şiva'nın akan dölü, Ganj Nehri'nde dolambaçlı bir şekilde yol aldı ve sonunda altı erkek çocuğu dünyaya geldi. Parvati onlara o kadar sıkı sarıldı ki altı başı olan tek bir vücut hâlini aldılar: Skanda.

Tanrıların müdahalesinden sonra kısır kalan Parvati, Ganeşa'yı yıkandıktan sonra vücudundan sıyrılan derilerden yarattı. Daha sonra Ganeşa banyo yapan Parvati'yi rahatsız etmemesi için Şiva'yı durdurmaya çalışınca Şiva, Ganeşa'nın kafasını yaktı; bu yüzden kafası bir fil başıyla değiştirildi.

Fil başlı tanrı
Ganeşa

Durga ve İblisler

Büyük Tanrıça Devi diğer tüm tanrıçaları içinde barındırır. Bunların çoğu iyi kalplidir: Talih tanrıçası Lakşmi, Brahma'nın bilge karısı Sarasvati ve Şiva'nın nazik karısı Parvati. Kafataslarından oluşan kolyesiyle dört kollu ölüm tanrıçası Kali gibi diğer tanrıçalar ise korkunç ve vahşidir.

Savaşçı olan Devi, sığır iblis Mahişa ve onun Asuralar (iblisler) ordusu tarafından Meru Dağı'ndan kovulan tanrıların kolektif öfkesiyle Durga ("yanına yaklaşılmayan") olarak yeniden canlandırıldı. Durga bir aslanın sırtında savaşın içine daldı ve yoluna çıkan tüm iblisleri öldürdü. Buna karşılık olarak Mahişa toynaklarıyla yeryüzünü paramparça edip boynuzlarıyla dağları havaya fırlattı ve kamçı gibi kullandığı kuyruğuyla okyanusları taşırdı. Nihayet Durga sığır iblisle teke tek çatıştı. Ayağıyla iblisin boynuna basan Durga, ruhu Manişa'nın ağzından zorla çıkardı ve kafasını kesti. İblis ölünce dünyadaki tüm hayvanlar "Zafer!" diye haykırdı. Yok olan iblis sürüleri acı acı inlerken tüm tanrılar sevindi.

Yanına yaklasılmayan savasçı tanrıça Durga

Rama ve Sita

Hint destanı *Ramayana*, iblis kral Ravana'yı yenmesi için Brahma tarafından dünyaya gönderilen Vişnu'nun yedinci avatarı Rama'nın öyküsünü anlatır. Rama ve üç erkek kardeşi çocuksuz bir krala doğdu ve her biri Vişnu'nun tanrısallığından bir parça taşıdı.

Ravana, Rama'nın karısı Sita'yı (babası toprağı sürerken topraktan doğan) kaçırarak Lanka Adası'na götürdü. Rama maymun kral Sugriva'dan yardım istedi, o da generali Hanuman'ı Rama'ya ödünç verdi. Lanka kuşatmasında, Hanuman Ravana'nın iblis ordusunun karşısına maymunlar ordusuyla çıktı. Ravana'nın peşine kendisi düşmek isteyen Rama gökyüzü tanrısı İndra'dan savaş arabası ve şoförünü ödünç aldı fakat ne zaman Ravana'nın on başından birini kesse yerine başka bir baş çıkıyordu. Rama sonunda Ravana'yı Brahma'nın dövdüğü bir okla öldürmeyi başardı. Rama önce kurtardığı Sita'yı reddetmişti ancak tanrılar Sita'nın iffetine şahitlik edince on bin yıl boyunca mutlu yaşadılar. Kullarının Sita'yı hâlâ iffetsiz bulduğunu öğrenen Rama, karısını sürgüne gönderdi. Yıllar sonra geri dönmesini istedi ama kalbi kırılan Sita yeniden toprağa gömüldü.

Rama ve Sita, Bilge Bharadvaja'ya akıl danışırken.

Ateş ve Kurban Tanrısı Agni

Ateş ve kurban tanrısı Agni yakılan her ateşte yeniden doğar. İki başı, ateş kırmızısı bir bedeni ve tanrılara kurban adama ayinlerinde sunulan tereyağını yalamak için yedi dili vardır.

Agni, kir ve günahlarını yakarak dünyayı arındırır. Bu arıtıcı güç ona, mağdur bir adama karısının Bilge Bhrigu'nun evinde olduğunu söyledikten sonra Bhrigu tarafından verildi. Bhrigu önce Agni'yi karşısına çıkan her şeyi yemekle lanetledi ama Agni tanrı olarak doğruları söylemek zorunda olduğunu öne sürünce Bhrigu ona yaktığı her şeyi arındırma gücü verdi.

Agni, İndra ve Surya ile erken dönem Hindistan'ının en büyük Vedik tanrılarından biriyken bu rolü yok edici Şiva ve savaş tanrısı Skanda tarafından elinden alındı. Skanda'nın karmaşık gebelik ve doğum sürecinde Agni, güvercin formundayken Şiva'nın alevli tohumlarından birini yutmasıyla kısa sürede acılar içerisinde Skanda'ya hamile kaldı. Aynı şekilde karmaşık olan erken dönem mitlerine göre Agni, Skanda'nın babasıdır.

Singfolarda Yaratılış

Singfoların yaratılış mitleri Himalayaların eteklerindeki yaşam alanlarını yansıtır. Başlangıçta ne yeryüzü ne de gökyüzü varken ortada sadece bulut ve sis vardı. Bunun içinden Khupning-Knam adında bir bulut-kadın doğdu. Bu kadın bir zaman sonra Ningon-Chinun adında bir kar-kız ve Tum-Kam-Waisun adında bir kar-oğlan doğurdu.

Ningon-Chinun ve Tum-Kam-Waisun büyüyünce evlendi ve Inga (Yeryüzü) adında bir çamur-kızları ile Mu (Gökyüzü) adında bir bulut-oğulları oldu. Bunların da İmbung (Rüzgâr) adında bir oğulları doğdu. Doğduğu zaman ilk nefesi o kadar güçlü çıktı ki babası göklere uçtu ve annesi kurudu, böylece gökyüzü ve yeryüzü ortaya çıktı. Üstün varlık Phan-Ninsang bu yeni dünyayı gökyüzü tanrısı Mathum-Matta ile beraber keşfe çıktı. İkili, insan şeklinde bir su kabağı buldu ve içini açtıklarında dışarı bir sürü küçük insan fırladı. Bunlar ilk insanlardı ve bir süre tanrılarla beraber cennet platosunda yaşadılar. Sayıları artınca bambu ve tahtadan yaptıkları merdivenlerle dünyaya geri indiler.

Himalaya'nın etekleri

Nanga Baiga

Orta Hindistan'daki Mandla tepelerinde yaşayan Baigalar zamanın başlangıcından bu yana ormanın koruyucuları olduklarına inanmaktaydı. Baigalar Dharti Mata, yani Toprak Ana'nın çocuklarıydı. Baiga kahramanı Nanga Baiga dünyadaki ilk insandı. Ormanda bizzat Toprak Ana'dan doğdu ve Bambu Kız tarafından bir bambu yığınının altında büyütüldü. İlk kadın olan Nanga Baigin onunla beraber doğdu.

Yaratıcı Bhagavan dünyayı bir çapati [lavaşa benzeyen bir Hint ekmeği] gibi düz yaydı ama bu şekliyle durmadan uçuşup bir türlü sabit durmuyordu. Nanga Baiga ve Nanga Baigin aldıkları dört çiviyi sabitlemek için dünyanın dört köşesine çaktılar. Bhagavan, "Krallar krallıklarını kaybedebilir ama siz asla ormanı kaybetmeyeceksiniz. Siz topraktan yaratıldınız ve toprağın efendisisiniz; onu asla yüzüstü bırakmamalısınız. Dünyayı korumalı ve çivileri muhafaza etmelisiniz," dedi. Nanga Baiga'ya her zaman yoksul olacağını söyledi fakat bu iyiydi, çünkü sadece yoksullar Dharti Mata'ya hizmet etmekten hoşnut olurdu.

Baiga kadınları

Yaratılış Mitleri

Kozmosun, yeryüzü ve gökyüzünün, insanların ve hayvanların yaratılış mitleri, çoğunlukla çeşitli ve birbiriyle çelişkili olarak hemen hemen bütün kültürlerde bulunur. Bazen ilk varlıklar Amerikan yerlileri Juaneñoların yaratılış mitindeki Yok ve Boş ya da Babil'deki tatlı su Apsu ve tuzlu su Tiamat gibi neredeyse soyut güçlerdir. Yaratıcı bazen Mısır'daki Ra gibi ilk okyanustan, Antik Yunan ve İskandinav mitlerindeki gibi bir yarıktan ya da Polinezyalı Tangaroa yaratılış mitindeki gibi bir yumurtadan çıkar. Tangaroa dünyanın bir tanrının ya da ilkel bir varlığın vücut parçalarından yaratılışına bir örnektir ve bu motif İskandinav mitolojisindeki Ymir, Çin'deki Pan Gu ve Azteklerdeki Tlaltecuhtli ile tekrarlanır.

Dünyanın oluşumunu açıklama ihtiyacı insanlığın kökeninde vardır. Yaratılış mitleri olmayan tek kültürün Amazon'daki Pirahãlara ait olduğu keşfedilmiştir. Neyin önce geldiği sorulduğunda, Pirahãlar birtakım kozmik yumurtalarla ya da ilk okyanuslarla ilgili kutsal hikâyeler anlatmaz. Israr karşısında verdikleri en iyi cevap "muzlar" olabilmiştir.

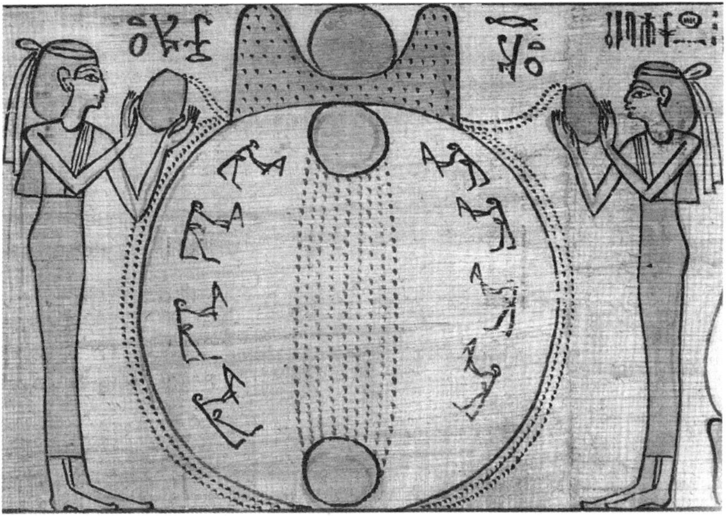

Yaratılış höyüğünü sulayan tanrıçaların resmedildiği bir Antik Mısır el yazması

Tufan Mitleri

Dünyayı yerle bir eden büyük tufan mitleri birçok kültürde bulunur, bunların en eskisi "Nuh" arketipinin bir gemi inşa edip hayatta kaldığı Mezopotamya mitolojisindedir. Buna çok benzer hikâyeler Hindistan, Antik Yunan gibi diğer medeniyetlerde de bulunur. Kuzey Amerika düzlüklerindeki Mandanlar, dünyanın önceden sadece Issız Adam'ın sağ çıktığı bir tufan tarafından yok edildiğine ve eğer kutsal Bizon Dansı'nı etmezlerse insanlığın yeniden seller altında kalacağına inanırdı. Kıta Avrupa'sının bile kendi tufan mitleri vardır: Sloven mitolojisinde tufan sonrası hayatta kalan tek insan olan Kranyatz, Dionysos benzeri üçkâğıtçı Kurent ile dünyanın hâkimiyeti için yarışa girer ancak şarap tutkusu onu perişan eder. Öte yandan, dünyanın sellerle değil, büyük bir yangınla yerle bir olduğuna dair mitler de epey yaygındır.

Bu benzerliğin neden bu kadar yaygın olduğu açıklanamamıştır. Bu mitler büyük bir olasılıkla felaketlere dair anıları korumaktan ziyade, insanlığın zorlukları yenme gücünü sembolize eder ve neredeyse tamamen yok olduktan sonra bile insan ırkının toparlanıp yeniden başlayabildiğini gözler önüne sererler.

Hint kahramanı Manu, ailesini dünyayı yok eden bir selden kurtarır.

Erkek ve Kadın Kahramanlar

Mitolojik kahramanlar genellikle Gılgamış, Herakles ve Cuchulain gibi yarı tanrısaldır. Kahraman sayılmalarının sebebi yaptıkları her eylemin takdire şayan olması değil; güçleri, cesaretleri ya da kurnaz Odysseus örneğinde olduğu gibi marifetleriyle diğer herkesten ayrılan destansı kişiler olmalarıdır.

Tanrılarla başa baş boy ölçüşen güçlü tanrıçaların aksine, mitolojideki kadın kahramanlar çoğunlukla güzel kızlar ya da talihsiz âşıklar olmaya daha yatkındır: Truvalı Helen ya da Kederlerin Deirdre'sı gibi. Kibirli bir şekilde Tanrıça Athena ile rekabet eden ve tanrılarla dalga geçen Arakne gibi cesur ruhlu kadınlar nadir görülür ve küstahlıklarından ötürü cezalandırılırlar.

İnsanlara el becerilerini ve kanunları öğreten özel kahramanlara kültürel kahramanlar denir: Örneğin Japonya'daki Aynuların Aeoina-kamuy'u ya da Nanga Baiga gibi kabile ataları veya Kaliforniya'daki Yurok kabilesinin yasa ve geleneklerini tayin eden daha da eskiye ait mitik ırk *woge*, yani Gerçek İnsanlar.

MÖ yaklaşık 500'e ait ayaklı bir Yunan vazosunun üzerindeki Akhilleus'un cesedini taşıyan Ajax tasviri

Serüvenler

Serüven maddi ya da manevi hazineleri bulma amacıyla çıkılan macera dolu özel bir yolculuktur. Yunan mitolojisindeki Altın Post Serüveni'nde günümüzde hâlâ aşina olunan bir motif işlenir. Ödülüne kavuşmak isteyen İason, atıldığı son macerada kendisine katılması için aralarında Herakles ve Orfeus'un da olduğu Yunan kahramanlarından oluşan bir ekip kurar.

İason'un serüveni tamamlanmışsa da buna benzer tüm yolculuklar zaferle sonuçlanmaz. Mezopotamya kahramanı Gılgamış ölümsüzlüğün sırrını bulmak için yola koyulur ancak bulduğunda elinden kaçırır. En meşhur görevlerden biri olan Kutsal Kâse arayışı bile buruk bir zaferle sonuçlanır. Kalbi ve zihni saf olan Sör Galahad Kâse'ye ulaşır fakat başarısı zincirleme olarak Yuvarlak Masa'nın dağılışına ve Kral Arthur'un ölümüne neden olur. Serüvenler yalnızca hazine ya da zafer amacı gütmez; Antik Yunan'daki Aeneas'ın serüveni Truva'nın düşüşünden sonra yeni bir ulus kurma arayışı üzerineyken Kızılderili Hiawatha'nınki barışa ve uyuma ulaşmak içindir.

Edward Burne Jones ve William Morris'e ait *Kâse'ye Ulaşmak* adlı duvar halısından bir detay

Üçkâğıtçılar

Üçkâğıtçı karakterler çoğu kez komedi unsuru sağlar ve insanlıkla tanrılar arasında köprü kurarlar. Kızılderili mitleri üçkâğıtçılarla doludur; Kır Kurdu, Kuzgun ve Yaban Tavşanı'nın her biri kültürel kahraman rolünü üstlenebilir ve belaya bulaştıkları ve o durumdan kendilerini kurtardıkları için takdir edilirler.

Afrika'daki üçkâğıtçılar genellikle Yaban Tavşanı ve Örümcek'tir: Asantelerin üçkâğıtçı kahramanı Anansi gibi. Okyanusya kahramanı Maui "binbir hileli Maui" olarak bilinir; ölümü bile gülme sebebidir. Mayalı Kahraman İkizler Hunahpu ve Xbalanque ölüm tanrılarını kendilerini öldürmeleri için kandırırken üçkâğıtçı davranışlar sergilerler.

Yunan kahramanı Odysseus en çok Yunanların Truva'yı devirmesine imkân sağlayan Truva Atı'nı akıl ederken kullandığı kurnazlığı ve üçkâğıtçılığı için takdir edilir. Loki birçok Nors mitine üçkâğıtçılık katar; en son yaptığı yıkıcı numara Güzel Balder'in ölümüne neden olur.

Ölüm

Birçok mitolojide ölümün dünyaya nasıl geldiği konusu işlenmiştir. Bazen neredeyse kaza sonucudur: San mitindeki yaban tavşanının Ay'ı kızdırdığı zaman gibi. Caduveoların sonradan pişman olan Caracara hikâyesi gibi diğer durumlarda ise kastidir.

Hine-nui-te-po gibi kindar tanrılar ya da Antik Yunan'daki Hades gibi katı ama adil tanrıların olduğu ölülere ait yeraltı dünyası diğer bir ortak özelliktir. Özellikle Mezoamerika ve Antik Mısır gibi bazı mitolojilerde ahiret, ana temalardan biridir; ölümden sonra yeni bir hayatı güvenceye alma arzusu Mısır ritüel ve inançlarının odak noktasıdır.

Gılgamış gibi birtakım kahramanlar ölümsüzlük peşinden koşarken Orfeus ve Kral Arthur gibiler ölüler diyarına girmeyi göze almıştır. Vikinglerin inancına göre savaşta ya da kurban edilerek ölenler Odin'e, boğulanlar deniz tanrıçası Ran'a ve hastalık veya yaşlılık nedeniyle ölenler ise Hel'in kasvetine gönderilirdi.

Orfeus, Evridiki'nin yasını tutarken.

Dünyanın Sonu

Mitoloji, kozmosun yaratılışını anlattığı gibi çoğu zaman her şeyin nasıl sona ereceğini de önceden bildirir. Bazı mitler nihai bir son tasavvur ederken birçoğu yaratılış, yok oluş ve yeni bir yaratılış döngüsünün var olduğunu ima eder. İskandinav tanrılarının kıyameti olan Ragnarök'ün haberi daha en baştan verilmiştir. Antik Mısırlılar "milyonlarca ama milyonlarca yıldan" bahsetseler de güneş tanrısı Ra'nın yarattığı her şeyi yok edip yeni bir yaratılış döngüsünü beklemek için ilk okyanusa geri döneceği günün elbet geleceğini bilirler.

Bazı mitlere göre bu kusurlu dünyanın yerini en sonunda mükemmel bir versiyonu alacak. Zerdüştlük inancına göre kurtarıcı Saoshyant'ın gelişiyle insanlar saf bir hâl alacak ve gıdalara gerek duymayacak. Ahura Mazda, İyi Akıl, şeytani erkek kardeşi Ahriman'ı yaratılışın dışına atacak ve böylece zamanın sonu gelecek. Saoshyant ölüleri diriltecek ve her insan, içinden geçeceği erimiş metal deresinden arınmış bir hâlde çıkacak. Kötülüğün izinden arınmış bu yeni dünya sonsuza kadar sürecek.

Kutsal Hindu kitaplarında dünyanın sonunda ortaya çıkacağı söylenen Kalki, Vişnu'nun sonuncu avatarıdır.

Başlıca Kaynaklar

Aeneis
MÖ 29-19 arası
Latince yazılmış önemli bir metin olan *Aeneis*, Roma İmparatorluğu'nun en tanınmış şairi Vergilius'a ait bir destandır. Truvalı kahraman Aeneas'ın hikâyesini anlatır.

Ölüler Kitabı
MÖ yaklaşık 1250
Antik Mısır Ölüler Kitabı, tam adıyla, *Günden Dışarı Gidenler İçin Büyüler* kaynağı erken dönem Piramit ve Tabut metinleri olan, ölümden sonraki hayatı güvenceye alma büyülerinin derlemesidir.

Enuma Eliş
MÖ on sekizinci-on altıncı yüzyıl
Enuma Eliş Antik Babil'in, Babillilerin Yeni Yıl'ı olan Akitu Festivali'ndeki ayinlerde okunan yaratılış mitidir.

Gılgamış Destanı
MÖ yaklaşık on dokuzuncu yüzyıl
Antik Mezopotamya'ya ait bu destan Uruk kralı Gılgamış'ın hikâyesini anlatır. Günümüze gelen en eski edebiyat eseri olduğu düşünülür.

Fasti
MS yaklaşık 8
Romalı şair Ovidius'un Roma dinî takvimini konu alan tamamlanmamış eseridir.

Historia des Nuevo Mundo
1653
Rahip Bernabe Cobo tarafından "Peru yerlilerinin sahte dinlerini" belgelemek için yazılan *Historia des Nuevo Mundo* günümüzde *İnka Dinleri ve Gelenekleri* olarak bilinmektedir.

Historia General de las Cosas de Nueva España

On altıncı yüzyıl

Bernadino de Sahagún imzalı *Yeni İspanya'daki Şeylerin Genel Tarihi* Aztek mitlerini belgeler.

İlyada

MÖ yaklaşık yedinci yüzyıl

Homeros tarafından yazılan Antik Yunan ebediyatı eseri *İlyada* Truva Savaşı'nı anlatan bir destandır.

Kalevala

1849

Elias Lönnrot'un halk şiirlerinden derlenen ulusal Fin mitoloji destanıdır.

Kojiki, Antik Meselelerin Kayıtları

MS 712

Kojiki, Antik Meselelerin Kayıtları dört ana Japon adasının mitolojik kökenlerini anlatır. Şinto mitlerinin ve imparatorluk tarihinin önemli bir aktarımıdır.

Kumulipo

On dokuzuncu yüzyıl

İlk defa 1889'da basılan Hawaii dilindeki yaratılış ilahisi *Kumulipo* ("derin-karanlıktaki-başlangıç") yönetimdeki şefler için kutsaldı. Şeflerin yönetim hakkının tanrısal kökenleri burada belirtilmiş ve tarihi dünyanın başlangıcına dayandırılmıştır.

Mitoloji Kütüphanesi
MS yaklaşık birinci ya da ikinci yüzyıl
Antik Yunan bilgin Apollodorus'a atfedilen Yunan mitleri ve kahramanlık efsaneleri incelemesi üç cilt olarak düzenlenmiştir.

Mabinogion
On ikinci-on üçüncü yüzyıl
Asırlarca sürmüş sözlü geleneğe dayanan Galler kökenli *Mabinogion* İngiliz edebiyatındaki efsane ve mitler hakkındaki en eski düzyazı örneği sayılmaktadır.

Dönüşümler
MS yaklaşık sekizinci yüzyıl
Romalı şair Ovidius tarafından epik şiir formunda yazılmış, dönüşüm temasını içeren yaklaşık iki yüz elli tane hikâyeden oluşan derlemedir.

Arthur'un Ölümü
On beşinci yüzyıl
İlk olarak William Caxton tarafından basılan *Le Morte d'Arthur* belki de İngilizcedeki Arthur devri edebiyatındaki eserlerin en tanınmışıdır. Arthur efsaneleri Galler'de başlamış ve Britanya üzerinden Avrupa'ya yayılmıştır. Thomas Malory'nin *Arthur'un Ölümü* eseri esasen Kral Arthur ve Yuvarlak Masa Şövalyeleri'yle ilgili Fransızca metinlerin İngilizce çevirisidir.

Odysseia
MÖ yaklaşık yedinci yüzyıl
Antik Yunan Homeros tarafından yazılan *Odysseia* destanı, Odysseus'un Truva Savaşı sonrası evine dönüş yolculuğunu anlatır.

Popol Vuh
Yaklaşık 1550
Nasihat Kitabı, Popol Vuh
Guatemala'daki Kiçe Maya halkının tarihini belgeler ve Maya mitolojisinin temel kaynağıdır.

Prose Edda
On üçüncü yüzyıl
Bu İskandinav eseri eski *Poetic Edda*'daki mitleri belgelemek ve açıklamak için Snorri Sturluson tarafından yazılmıştır; bazı durumlarda Snorri'nin versiyonları günümüze kadar gelen tek örneklerdir.

Rig Veda
MÖ 1200
Rig Veda diğer Vedik metinleri *Mahabharata* ve *Ramayana* destanları ve Puranalar katkısıyla yazılmış Hindistan mitlerinin ilk kaydıdır.

Shan Hai Jing
MÖ üçüncü yüzyıl
Shan Hai Jing ya da *Dağlar ve Denizler Klasiği* Çin'in ilk imparatorluk hanedanı öncesi mitik bir coğrafyasıdır ve erken dönem Çin mitolojisinin ana kaynaklarından biridir.

Táin
On ikinci yüzyıl
Cooley Sığır Baskını olarak da bilinen *Táin*, Ulster ve Connaught arasındaki savaşı ve Cuchulain'ın kahramanlıklarını anlatan erken dönem İrlanda edebiyatına ait bir destandır.

Theogony
MÖ yaklaşık 700
Antik Yunan Hesiodos tarafından yazılan *Theogony* destanı Yunan tanrılarının mitlerini anlatır.

İndeks

NEIL PHILIP

Yazar, halkbilimci ve şairdir. Pek çok kitabı arasında *The Penguin Book of English Folktales, Mythology* (Philip Wilkinson ile), *Myths and Legends, The Illustrated Book of Fairy Tales, the Illustrated Book of Myths, The Tale of Sir Gawain* ve *The Adventures of Odysseus* bulunmaktadır. Philip çok sayıda dergiye katkıda bulundu ve sahne, ekran ve radyo için pek çok eser kaleme aldı. Çalışmaları, Amerikan Folklor Derneği'nin Ezop Ödülü de dâhil olmak üzere birçok ödül ve onur kazandı.

EFE ERDAL

1987'de İstanbul'da doğdu. Lisans eğitimini İstanbul Bilgi Üniversitesi Radyo Televizyon Sinema Bölümü'nde tamamladıktan sonra bir yandan aynı sektörde çalışmalarını sürdürürken bir yandan da çeşitli kurumlarda sinema dersleri verdi. Makale, senaryo ve altyazı çevirilerinin yanı sıra farklı yayınevlerinden çıkan kitap çevirileri oldu. Film sektöründeki çalışmaları devam etmekte ve güncel olarak yerelleştirme alanında çalışmaktadır.